河合 敦
Atsushi Kawai

平安の文豪
ユニークな名作を遺した異色の作家たち

JN066688

ポプラ新書
246

はじめに

二〇二四年のＮＨＫ大河ドラマ『光る君へ』は、『源氏物語』を書いた紫式部が主人公だ。平安貴族をモチーフに描くのは大河ドラマ始まって以来のことである。

この時代、紫式部だけでなく、清少納言や和泉式部、菅原孝標女など、女流作家たちが大いに活躍した。おそらく、みなさんも学校の授業で彼女たちの作品を学んだことだろう。しかし、一章をまるまる暗記させられて苦痛だったとか、もうすっかり忘れてしまったという方も少なくないはず。

それでも、千数百年の時を経て今に作品が伝わっているのは奇跡的なことであり、それだけの高い価値があるからなのだ。とはいえ、真正面から平安文学を学ぼうというのは、なかなかハードルが高いのも確か。そこで本書では、平安時代の著名な作家たちとその名作をわかりやすくまとめてみることにした。

タイトルを『平安の文豪』としたのには、理由がある。

文豪とは「文章・文学にぬきんでている人。文章・文学の大家」(『広辞苑』)という意味である。平安時代にはまだ存在しなかった言葉だが、わかりやすいうえ、本書では文学の作家だけでなく、すばらしい文章を書いた人物たちも収めたので、あえて「文豪」という言葉を書名とした。

平安時代といっても、その期間は四百年近くにおよび、文豪の人数も多い。そこで、私の独断と偏見で十五人の文豪たちをセレクトした。また、そのジャンルも物語や日記文学だけでなく、百科事典や旅行記、漢詩文集や和歌集、説話集や随筆など、なるべく多様なものを網羅するように心がけた。さらに空海や菅原道真といった有名人以外に、景戒や源順など、知られざる文豪たちも選んだ。あらかじめご了承いただきたい。

さて、本書に載る十五人がスゴいのは、千数百年の時を経て、いまなお人びとに影響を与え続けていることであろう。

紫式部の『源氏物語』、清少納言の『枕草子』などの作品は、教科書に掲載されたり、現在も販売されたりして読まれ続けている。それに彼らの著作は、松尾芭蕉、与謝野晶子、谷崎潤一郎、三島由紀夫など、多くの後世の俳人・歌人・文人を感化してきた。

また、源順の『和名類聚抄』は江戸時代まで百科事典として多くの人びとに親しまれてきたし、藤原道長の『御堂関白記』や九条兼実の『玉葉』は、現在も歴史研究には欠かせない一級史料になっている。

本書では、「どうして平安の文豪たちがこの題材を書こうとしたのか。彼らはいかなる人生を歩んだのか。なぜこの作品が不朽の名作として現代に生き残ったのか」といった疑問を解き明かしていくつもりだ。もちろん、みなさんにわくわくしながら読み進めてもらえるよう、工夫をした。

ぜひ一読して、平安の世界にどっぷり浸っていただければと願っている。

二〇二三年十月

河合 敦

平安の文豪　ユニークな名作を遺した異色の作家たち／目次

凡例

・人物の年齢は、生まれた年を一歳とする、数え年を記載しています。
・年代は和暦とし、括弧で西暦を入れています。
・人物の名前・地名・役職名などは、慣用的な読み方を記載しています。
・引用文献内の漢字は旧字を新字に改めています。
・引用以外の当時の文献は、読みやすいように著者が改めています。

空海《くうかい》

どんな人？

真言宗の開祖。幼名は真魚《まお》。諡号《しごう》（おくりな）は弘法大師。三筆の一人。

代表作

『秘密曼荼羅十住心論《ひみつまんだらじゅうじゅうしんろん》』

⇒真言宗独自の立脚地を明かした画期的な書。略した『秘蔵宝鑰《ひぞうほうやく》』（3巻）と併せて、空海の思想を集大成した代表作。

生誕	宝亀5年（774）
死去	承和2年（835）／享年62歳
父親	佐伯田公
母親	阿刀氏

仕事予想（もし、現代に生きていたら？）

実業家・書道家・教師

文豪・空海

　空海は真言宗の開祖としてあまりに有名だが、じつは文豪でもある。

　膨大な数の漢詩をつくっており、弟子の真済が空海個人の漢詩集『性霊集』十巻を編纂しているほどだ。空海の漢詩は、淳和天皇が天長四年（八二七）に編纂させた勅撰漢詩集『経国集』にも載録されている。もちろん勅撰集に選ばれる漢詩は、秀作と誰もが認める作品である。

　空海はまた、漢詩文作成の心得や古代中国の詩文に関する評論をまとめた『文鏡秘府論』六巻を編纂したり、その要約『文筆眼心抄』を記したりしている。これらの編纂物は、平安時代に貴族・文人たちが詩作するさいの重要な指導書となった。

　では、そんな空海はいかなる人物だったのかを紹介していこう。

　宝亀五年（七七四）、空海は、佐伯田公の子として讃岐国多度郡弘田郷屛風浦に生まれた。母は豪族・阿刀《あとうじ》氏の娘で、幼名を「真魚」とつけられた。

　母は空海を妊娠したとき天竺（インド）の聖人が体に入る夢を見たという。実際、幼い頃から空海は優れた資質を見せたので、両親は彼を「貴物」と呼んで大切に育てた。小さい頃から土をこねて仏の像をつくり、それを草でつくった小屋に置いて拝んでいたという。

七歳になったとき、家の近くの我拝師山《がはいしさん》の岩崖にのぼった空海は、「私は将来、身を捨てて人びとを救うつもりです。もしその願いが叶うなら、私の命を救ってほしい。叶わぬのであれば、この体はそのまま神仏に捧げます」と祈願し、いきなり崖から身を投げたというのだ。だが、天女がどこからともなく現れ、落下していく少年空海を抱きとめて命を救ったと伝えられる。もちろん史実ではないだろうが、高僧にはこのような伝説がよくみられる。

十五歳になると、外舅《がいきゅう》の阿刀大足《あとのおおたり》から本格的な学問を学ぶようになった。大足は、伊予親王（桓武天皇の皇子）の侍講（学問を教える役）をつとめるなど、学者として知られていた人物。そんな大足が空海の優れた学才を知ると、「地方でこのまま朽ちさせるのはもったいない」と考え、朝廷に働きかけて大学へ入学させた。このとき空海は十八歳だった。

大学というのは、中央官吏を養成するために朝廷が都に置いた高等教育機関である。通常、地方豪族は、地方にもうけた国学（下級官吏養成機関）に通うが、空海は貴族（位階が五位以上）しか入学できない大学の本科（明経道と呼ばれる儒教を学ぶ学科。

高級官吏養成コースの一つ）に特別入学が許された。

大学で良い成績をおさめ、官僚となって活躍すれば、貴族の地位に就くことも不可能ではない。こうして前途が開けた空海は、必死に勉学に励んだ。眠くなると、自分の足に錐《きり》を突き刺して眠気を覚ましたという。

エリートコースを捨てて、仏の道へ入る

だが、人生というのは、どうなるかわからない。ある日、空海のところに修行僧が現れ、「虚空蔵求聞持法《こくうぞうぐもんじほう》」を聞かせたのである。虚空蔵菩薩の真言（短い呪文）を百万回唱えると、すさまじい記憶力を獲得できるという話だった。この頃の空海は、大学で教わったことが頭に定着せず、悩んでいたのかもしれない。この修法は一度終えるのに百日かかるのだが、空海はそれを何度も繰り返していくうちに、仏教に大いに興味を持つようになり、やがて大学へ行かなくなり、国の許可なく勝手に僧になって各地を巡り歩いて修行するようになった。せっかく手にしたエリートコースをあっさりと捨ててしまったわけだ。

この時期、空海が修行のために訪れた場所には、阿波国の大滝岳をはじめ各地に伝

承が残っているが、とくに土佐国の室戸岬で神秘的な体験をしたといわれている。岬の御厨人窟《みくろど》に入って、虚空蔵菩薩の真言を唱えていたとき、虚空蔵菩薩の化身とされる明けの明星（金星）がいきなり近づき、すっぽりと口の中に入り込んだのである。この瞬間、空海は自分が仏と一体であると悟ったそうだ。

二十四歳になった空海は、『三教指帰《さんごうしいき》』を著した。これはとてもユニークな書である。儒教、道教、仏教を、それぞれ亀毛先生《きもう》、虚亡隠士《きょぶいんし》、仮名乞児《かめいこつじ》と擬人化し、三人の対話形式によって三教の優劣を語らせる小説や戯曲のような体裁をとっているのだ。結局、同書では「儒教、道教、仏教の中で最も優れているのは仏教だ」と断じている。この『三教指帰』は、仏道に入ることに反対する親類縁者を納得させるために記されたものだと考えられている。あるいは、大学の明経道への決別宣言だともいわれる。

コネで留学する

その後、空海は生涯重要視した『大日経』という経典に出会う。これは他の仏典とは異なり、絶対的な智恵を得る方法が記されているのだが、博識の空海をもってしても、その真髄を理解できなかった。そこでもっと深く大日経を知るため、仏教の本場である唐へ渡ることを強く望むようになった。

三十一歳のときようやくその念願が叶って、空海は留学生として遣唐使船に乗って唐へ渡ることになる。ただ、どのようにして彼がつてを得たのかは、今もってよくわかっていない。

遣唐使は四隻の船団を組んで渡海するのが基本で、空海は遣唐大使・藤原葛野麻呂《ふじわらのかどのまろ》の第一船に同乗した。だが、船団は暴風雨に遭って四散してしまう。第四船は消息を絶ち、第三船は破壊されて日本へ戻らざるを得なかった。幸い空海が乗った船は大陸へ着いたものの、それは一カ月間も漂流した後のことだった。しかも、予定より遥か南の福建省《ふっけんしょう》長渓県《ちょうけいけん》赤岸鎮《せきがんちん》に流れ着いてしまった。大使の葛野麻呂は、訪れた唐の役人たちに「私たちは日本から渡来した遣唐使である」ということを書面で伝えたが、その拙い文章を見た唐の役人に「この者たちは海賊ではないか」と疑われてしまう。

このため葛野麻呂は再度文章を書き直したが信用されない。そこでなんと三度も書き直したのである。ところが、その文書はその場で捨てられてしまったというのだ。

困り果てた葛野麻呂は、梵語《ぼんご》（古代インドのサンスクリット語）や中国語に秀でていた空海に、唐に差し出す文章の作成を頼んだ。

空海が文書を書いて渡すと、それを見た唐の役人は、表現の見事さに大いに感心し、態度を改めて遣唐使一行を歓待したと伝えられる。

最先端の知識人

唐の都・長安に入った後、空海は遣唐使一行と別れた。以後は、自分の師となるべき僧侶を求めさまざまな寺院をめぐり歩いた。そして青龍寺の高僧・恵果《けいか》と出会う。恵果は「三朝の国師」といわれた密教の第一人者で、空海に会った瞬間、「私は前からお前が来ることは知っていた。ずいぶん待ったぞ」と告げたといわれる。

こうして空海は、青龍寺東塔院で灌頂《かんじょう》を受けた。灌頂とは、阿闍梨（高僧）から法を受けるさい、頭に水を注いでもらったりする密教の儀式のことである。これは、人間が大日如来（密教でいう最高の仏。宇宙そのもの）と一体化する儀式でもあった。まず儀式の最初に、曼荼羅《まんだら》（仏像を多数配列し、仏教の世界を幾何学的に表現した絵）の上に花を投げる。念持仏（自分を守ってくれる仏）を決定するためだ。

曼荼羅は胎蔵界と金剛界という仏教の世界を幾何学的に表した絵画のことで、二枚（胎蔵界と金剛界）で一組になっている。胎蔵界曼荼羅には仏や菩薩が四百十四、金剛界曼荼羅には千四百六十一描かれている。空海は二度花を投げて二度とも大日如来の上に落ちた。大日如来は仏教界における最高位の仏であり、これを目にした恵果は思わず声を漏らして感嘆したという。

それからの空海は、恵果の教えを驚く速さで吸収し、秘密の真言を次々と授かっていった。結果、わずか数カ月で密教の教えを完全に習得してしまった。すると恵果は空海を自分の後継者に任命し、安堵したかのようにその年のうちに没した。

空海は、恵果の業績を記した碑文を撰しており、入門から一年もたたないうちに、高弟の地位にのぼったことがわかる。まさしく天才的な頭脳の持ち主だった。

師を失った空海は、「もはや唐で学ぶことはない」と考え、唐の王朝に帰国する旨を奏上して了解を得た。そして大同《だいどう》元年（八〇六）秋、博多に戻ってきたのである。足かけ二年間の留学だった。

帰国にあたって空海は、書き写した多くの経典、膨大な書籍や仏教道具、仏像、経巻を持ち帰った。また、唐の先端医学や美術、工芸や土木技術などを学び、驚異的な知識人に変貌していた。

しかしながら、渡海から二年後に帰国するのは、重大なルール違反であった。遣唐留学生は原則二十年が留学期間とされていたからだ。にもかかわらず空海は、勝手に帰国してしまったのである。これは当然、処罰の対象となるだろう。しばらくの間、空海は平安京へは戻らず、九州の大宰府や筑前国の観世音寺などにとどまって修行に励んだ。おそらく、自分の処遇がどうなるのか様子をうかがっていたのだろう。

やがて朝廷の貴族や僧侶の間で「空海という僧が密教なる教えを唐からもたらしたそうだ。さまざまな経典や最新の科学技術を持ち帰ったらしい」という噂が広まった。

こうしたこともあって、朝廷から入京の要請があったのだろう、空海は和泉国の槇尾山寺に入り、大同四年（八〇九）七月、久しぶりに京の都へ入った。そして帰洛後は、高雄山寺を拠点とした。

密教という唐で流行している最新仏教を会得した空海の評判は都で急激に高まった。天台宗の開祖である最澄も、空海に経典の閲覧を請い、嵯峨天皇も高雄山寺に使いを送るほどになった。まさに空海は、時代の寵児になったのである。

個人の幸福を願う新たな教え

空海は「春に種を播かなければ、どうして秋に実を得ることができようか」（『秘蔵宝鑰』）と述べているが、唐での努力が実を結んだのである。

ところで、空海が日本にもたらした密教という教えは、どんなものなのか。

一言で解説するのはきわめて難しいが、誤解を恐れずにいおう。それまでの仏教は、南都六宗（奈良時代に「平城京」で栄えた「六つ」の宗派）に代表するような鎮護国家を最優先する教えだった。鎮護国家とは、仏教には世の中を平和にする力が備わっており、仏教を盛んにすることで国家は安泰になるという思想である。だから僧侶たちは、経典を読むことによって、ひたすら国家の平安を願った。

それに対して密教は、口伝された真言（仏の秘密の言葉）を唱え、仏の力を信者に与える加持祈禱により、現世での各人の願いを叶えるというものであった。国家の安泰だけではなく、個人の幸福を願うという新しい教えが含まれていたのである。

後に空海は、密教思想を体系的に解説した『秘密曼荼羅十住心論』を淳和天皇の求めに応じて編纂している。凡人が悟りに至るまでを十段階に分けて詳述した内容で、最高の十段階目こそ、言葉にできない最高の密教的な境地であると論じている。

ともあれ、空海がもたらした密教は、現世利益を求める貴族の間で大流行していくことになる。

朝廷は空海に対して東大寺に灌頂道場の設立を許し、平城上皇や最澄も、空海を導師として灌頂を受けるほどになった。

その後、嵯峨天皇は空海に密教の道場として東寺（教王護国寺）を与えている。同寺はもともと桓武天皇が平安京の鎮護のために創建したもので、すでに金堂には薬師如来が本尊として安置されていた。しかし空海は、寺の講堂に立体曼荼羅をつくることを決意する。

通常、絵画（平面）として表現される曼荼羅を、立体的に仏像を並べて表現することを思い立ったのだ。残念ながら、その完成は空海の死後になったが、大日如来を中心に五智如来、五大菩薩、五大明王、四天王に帝釈天と梵天を加え、二十一体で構成された「立体曼荼羅」は現存しており、その眺めはまさに壮観である。

同時に五行の詩を書く

このように密教を引っ提げて帰国した空海は、貴族や僧の間で話題となったが、彼のもたらしたものは密教だけではなかった。土木技術はとくに優れており、いまも、空海が開いたという伝承を持つ灌漑施設や溜め池は、国内に五百カ所以上存在する。

そのうち確実な業績として判明しているのは、讃岐の満濃池（溜め池）である。
弘仁十二年（八二一）、空海はその三年前に豪雨によって決壊して死者を出した満濃池の修築工事を担当した。堤防全体をアーチ形にして水圧を分散させたり、堤防脇に小さな穴を穿ち、余った水を排出するなど、当時としては最新の技術がほどこされた。

空海はまた、綜芸種智院《しゅげいしゅちいん》と称する教育施設をつくっている。この学校は、学ぶところのない貧しい庶民にも開放されたというから、画期的なことであった。身分に関係なく門戸を開いた学校としては、日本で初めてのものだといえる。綜芸種智院では、仏教以外にもさまざまな学問を教えたと伝えられている。

さらに特筆すべきは、空海の書のすばらしさであろう。

能筆家として知られ、嵯峨天皇、橘逸勢《たちばなのはやなり》とともに三筆と呼ばれた。

現在、日本には多くの書道の流派があるが、もともと書道は中国から伝来したもの。貴族たちは、中国の能筆家が書いた書画を手に入れ、その書き方を真似した。

奈良時代から平安時代にかけてとくに人気だったのは、中国の東晋王朝時代に活躍し、「書聖」と呼ばれた書家、王羲之《おうぎし》（三〇三〜三六一年）だ。奈良時代には、王羲之の「双鉤塡墨本《そうこうてんぼく》」が多く輸入された。「双鉤塡墨本」とは、書かれた文字の上に紙をのせ、その輪郭を写し取り、その中を墨で塗って埋め、まるで本物の文字と同じようにした書き物だ。聖武天皇が光明子と結婚したとき、天皇が彼女に王羲之の「双鉤塡墨本」をプレゼントしているほどだ。そんな王羲之の人気は平安初期になっても衰えず、空海も王羲之の書体を真似ている。

空海といえば、「弘法、筆を選ばず」とか「弘法にも筆の誤り」という慣用句は有名であろう。「弘法、筆を選ばず」とは、空海のような書の達人が筆の善し悪しを気にしないように、その道のプロは道具をえり好みせずに見事な成果を出すこと。「弘法にも筆の誤り」は、次の逸話が元になった。空海が、あるとき平安京の「応天門」の額を書いたのだが、いざ額を門に掲げてみると、点が一つ足りなかった。これを知った空海は、墨をつけた大きな筆を下から放り上げ、見事、そこに点を加えたという。

次の話は、あくまで伝説だが、空海は唐の皇帝に求められ、手足と口にあわせて五本の筆をはさみ、同時に五行の詩を書いたという。

空海の代表的な筆跡は『風信帖』である。これは、空海が最澄に与えた書簡であり、三通を繋げて一つの巻物に仕立てている。かつては五通あったのだが、一通は盗難にあい、さらにもう一通は、関白の豊臣秀次がほしがったので、彼に与えてしまったと伝えられる。

当初『風信帖』は、最澄が開いた天台宗の比叡山延暦寺に保管されていたが、今は空海ゆかりの東寺に所蔵されている。その名称は、一通目の手紙が「風信雲書自天翔臨……」で始まることに由来する。

最澄と断絶

真言宗の開祖・空海は、天台宗を創始した最澄と親密な関係を結んだのだが、二人はやがて絶交してしまう。

最澄は、空海の持ち帰った密教に興味を示し、これを学ばせるため空海のもとに高弟の泰範を遣わしていた。だが、のちに最澄が呼び戻しても泰範が空海のもとを離れようとしない。そこで最澄は、自分のところへ戻ってくるように切々と召還の手紙を送った。

ところが泰範は、空海に傾倒して比叡山に戻ろうとしなくなったのだ。

最澄は聡明な泰範を溺愛しており、自分の後継者にしようと考えていた。そんな弟子が自分を裏切ったことに、最澄は衝撃を受けた。ただ、あきらめきれず、弟子の泰範にあてて多くの手紙を書いた。その文中には「早く比叡山に戻って一緒に学ぼう」、「どうか老僧を捨てないでほしい」、「捨てられし老僧最澄」、「私の命はもう長くないのだ」、「私のような卑しい禿男は、風の中の小さな燈火。自分を照らすこともできないので、あなたの闇を除くこともできない」、「空海の真言宗も私の天台宗も同じではないか」といったように、まるで恋人にあてたような切ない文言がちりばめられている。こうした手紙をもらって困っている泰範に対し、なんと、空海が代わって最澄に返事を書いたのである。

代筆された手紙には、天台宗より真言宗のほうが明らかに優れていると明記され、泰範が比叡山に戻るつもりはないことがはっきり記されていた。さすがに最澄も、こうなった以上、泰範をあきらめざるを得なくなった。

さらに空海は、密教の重要法典たる『理趣釈経』を拝借したいという最澄の願いに対しても、「あなたは文字で密教を体得しようとしているが、いくら文献を読んでも実体験なしに会得することはできない。本末転倒である」とにべなく拒絶した。

いいたいことは、はっきりいうのが空海の性格だったようだ。これにより、両雄の関係は断絶したのである。

高野山に修行場を開く

弘仁七年（八一六）、空海は密教の修行場として嵯峨天皇の許可を得て、高野山に仏教の根本道場を開いた。山全体を曼荼羅にしようという壮大な計画を立てていたともいわれる。

ちなみに、高野山という山はない。和歌山県北部にある標高千メートル程度の山々に囲まれた東西約六キロ・南北約三キロの平坦地をそう呼んでいるのだ。やがて高野山には大小三千もの寺がひしめくようになるが、どうして空海はこの場所に道場をつくろうと考えたのだろうか。

それに関する伝説を二つ紹介しよう。

一つは修行道場を探して各地を歩いていた空海は、ある日、大和国（奈良県）宇智郡（五條市付近）あたりで白と黒の犬をつれた狩人に「どこに行かれるのですか」と尋ねられた。空海が事情を話すと、その狩人は「少し南へ行った紀伊国（和歌山県）

にふさわしい場所があります。この犬に案内させましょう」と告げて姿を消したのである。じつはこの狩人は、狩場明神という神だったという。

空海は犬たちの道案内で高野山に登るが、その途中、地元神である丹生明神の社に参詣した。すると、丹生明神が現れ、喜んでこの地を永久に与えることを告げた。これに感謝した空海は、狩場明神と丹生明神を地主神として祀る社を建てたという。

もう一つの逸話はこうだ。

唐にいた空海は帰国するさい、日本での修行道場がほしいと考え、明州の浜辺から三鈷《さんこ》（密教に用いる道具）を日本へ向けて投げた。なんとそれがそのまま、高野山まで飛んできて松の枝にかかったという。帰国後、それを探しあててこの場所を道場としたのだとされる。もちろんこれも、高僧にありがちな伝説である。

ちなみに現在も高野山にはその松とされる大木が存在する。松の葉の中に二本ではなく、三鈷にちなんで三本に分かれた葉があるとされ、実際、今もときおり見つけることができる。

こうして高野山を最適地だと考えた空海は、勅許を得て弟子たちや職人をともない山林や原野を切り開き、諸堂を建てたのである。

人びとを救うため食を断つ

晩年の空海は、京都の東寺を離れて高野山で過ごすようになる。そして承和二年（八三五）に六十二歳の生涯を閉じた。ただ、自然死ではなかった。空海は五十六億七千万年後に弥勒菩薩が現れるまで、人びとを救おうと決意をして十穀を絶ち、三月二十一日の寅の刻を入定《にゅうじょう》のときと定めたのである。一週間前から御住房中院の一室で一切の食を断って体を清め、結跏趺坐《けっかふざ》して瞑想にふけった。そして、入定から五十日目、弟子たちは奥之院の窟に空海を納めたとされる。

千二百年の月日が過ぎた現在も、空海のもとには毎日二回食事が運ばれている。さらに毎年三月二十一日には御衣替の儀式といって、空海の服を替える儀式がある。この儀式は、空海が入定七十五年後の延喜十年（九一〇）に始まったもの。高野山の僧たちが朝廷に、空海に大師号を賜りたいと依頼したが、勅許が下りなかった。ところがその夜、醍醐天皇の夢に空海が現れ「衣服が朽ちてしまったので、願わくは新しいものを頂戴したい」と告げたという。驚いた天皇は、桧皮色の御衣を与え「弘法大師」という諡号を贈ったのである。

その下賜された衣を空海に奉るため、真言宗の高僧・観賢《かんけん》僧正は高野山に入り、奥之院の御廟前で礼拝し、弟子の淳祐に御衣を持たせて窟(御廟)の扉を開かせたが、空海の姿を拝することができない。そこで必死に祈ったところ、にわかに空海が姿を現し、御衣を取り替えることができたという。このとき淳祐は、空海の肌のぬくもりを感じたそうだ。

空海と権力者たち

平安時代半ばになると、高野山は衰退してしまうが、摂関政治をおこなった朝廷の権力者、藤原道長が参拝したとき空海の姿を見たという。窟内にいる空海は、頭皮も青々としていて服も美しく、弥勒菩薩が現れるのをひたすら待っているように思えたといい、「ありがたや 高野の山の岩かげに 大師はいまだ おわしますなる」という歌を詠んでいる。この話が広まって貴族たちが高野山に詣でるようになり、活気を取り戻していった。

平清盛も空海に会ったと伝えられる。高野山の根本大塔が雷で焼失したので、清盛が中心になって、保元元年(一一五六)に再建した。落成式で高野山を訪れた清盛は、根本大塔近くの桜の樹の下で老僧と出会った。彼は塔の再建を喜び、「安芸国の嚴島神社を修築すればあなたは栄達できる」と述べて、姿を消したという。このとき清盛は、その老僧が空海だと確信したと伝えられる。

なお、根本大塔の再建時、清盛は自分の血を絵の具に混ぜて描かせた「血曼荼羅」を奉納したとされ、高野山には実物が現存している。

菅原道真《すがわらのみちざね》

学問の神になった作家

どんな人？

父祖3代続く学者家系。読書、作文を好んだ。文人・学者として稀な才能を発揮していたが、大宰府へ左遷された。

代表作

❶『菅家文草《かんけぶんそう》』　❷『菅家後集』

⇒❶自身の詩文を集めた漢詩文集。全12巻ある。
　❷大宰府へ左遷後の漢詩文集。

生誕	承和12年（845）
死去	延喜3年（903）／享年59歳
父親	菅原是善
母親	伴氏
妻	宣来子
子	高視、寧茂、景行、景鑒、淳茂、旧風、弘茂、兼茂、宣茂、淑茂、滋殖、衍子、寧子、斉世親王妻

仕事予想（もし、現代に生きていたら？）

学者・研究者

エリート一家

菅原道真は昔から学問の神様（天神）として親しまれてきた。全国各地に道真を祀る天神社があり、日本でもっとも受験生に頼りにされる存在といえる。

ただ、もともと道真は、国家に祟りをなす怨霊だった。讒言《ざんげん》によって九州の大宰府へ左遷され、憤死したのちに怨霊と化し、多くの災いをもたらした。このため、朝廷は雷神として道真を祀りあげ、鎮魂のため北野天満宮や太宰府天満宮を設立したのである。

そんな荒ぶる雷神が学問の神に転化していったのは、道真が学者として極めて優秀だったからだといわれる。

承和十二年（八四五）、道真は儒家（学者）を輩出する中級貴族の家に生まれた。すでに道真の曾祖父である古人《ふるひと》は儒者として知られていたが、菅原氏が学者の家系と広く認知されるようになったのは、道真の祖父・清公《きよきみ》の業績による。清公は大学寮紀伝道に入り、成績が良かったので文章得業生《もんじょうとくごうしょう》という奨学生に選ばれ、大学頭や文章博士をつとめた。ともに大学寮（式部省の管轄。現在の大学に近い官吏養成のための高等教育機関）という官人（官僚）養成機関の職員で、とくに文章博士は紀伝道で学問を教授する職であった。

大学寮では、明経道で儒学、紀伝道で歴史や漢文学、明法道で法学などが講じられたが、とくに紀伝道の教官である文章博士の地位が高かった。

そんな文章博士の清公は、菅家廊下を主宰したと考えられている。これは、菅原氏が運営する私塾だ。この菅家廊下には、紀伝道合格を目指す貴族の子弟が競って入学するようになった。ちなみに清公は七十歳のときに従三位まで昇り、それから三年後に死去した。従三位という位階は、公卿（現在の閣僚）と呼ばれる貴族の中でも大変高い地位である。

道真の父・是善は、清公以上の才人だった。やはり文章得業生に選抜され、方略試に受かり、二十年以上も文章博士をつとめ、晩年は刑部卿（司法を司る長官）、参議（国家の閣僚）にまで上り詰めている。

そんな優秀な祖父と父を持つ道真だが、彼はその二人をさらに上回る有能さを見せた。道真の早熟さがわかるのが、師・島田忠臣の指導によって十一歳のときに初めてつくった漢詩だ。

その漢詩の題名は「月夜見梅華（月夜に梅花を見る）」というもの。

以下、紹介しよう。

月耀如晴雪（月の耀くことは、晴れたる雪のごとし）
梅花似照星（梅花は、照れる星に似たり）
可憐金鏡転（憐れむべし、金鏡の転じて）
庭上玉房馨（庭上に玉房の馨れることを）

わかりやすく現代語に訳すと、「輝く月は、まるで晴れたときの雪のよう。梅の花は、まるで星のようにキラキラしている。いいねぇ、金の鏡のような月が動いて、庭にある玉のような梅の花房が香っているよ」となる。

その情景が鮮やかに浮かぶような絵画的な表現であり、『菅家文草』の冒頭に収められている。『菅家文草』とは、後年、道真が醍醐天皇に献上した自分の漢詩集。全十二巻の大作で、前半六巻に四六八篇の漢詩、後半六巻に散文一五九篇が採録されている。

道真はその後、式部省の文章生試に十八歳で合格し、さらに二十六歳で方略試にパスしている。これは父の是善に比較して数年早いペースになる。さらに三十歳のときに従五位下に叙された。五位以上が貴族であり、祖父や父より早い栄達であった。官僚としても、兵部省、民部省、式部省、治部省の中央官僚を歴任し、元慶元年（八七七）に式部少輔のまま、文章博士を兼任した。三十三歳である。文章博士の定員は二名だが、前述のとおり、学者の頂点に立つ役職だった。

ただ、これを知った父の是善は驚き、「お前の地位は他人を嫉妬させるだろう」と注意を促したという。実際、道真が文章博士になるとすぐに非難されたり、依怙贔屓《えこひいき》を指摘されたりしている。また、大納言の藤原冬緒は、自分を批判する漢詩があまりに上手だったので、それをつくったのは道真ではないかと疑ったという。ただ、こうした誹謗中傷は、才人にとってある意味宿命ともいえた。

道真は父の死後、祖父の清公が開いた私塾・菅家廊下の主宰を継ぐが、官吏試験の合格を目指す貴族の子弟が多く入学しており、朝廷の中央官僚の半数近くが菅家廊下の出身で占められていた。のちに道真が国政で大きな力を発揮できたのは、彼らの支援があったからこそだった。

ただし、現在の重要閣僚にあたる右大臣の地位に立てたのは、宇多天皇の寵愛によるものだと道真は述べている。

阿衡の紛議

宇多天皇が道真に着目するようになったのは、阿衡《あこう》の紛議がきっかけであった。

皇位についた定省《さだみ》親王（宇多天皇）は、太政大臣の藤原基経に「関白としてすべて政治を取り仕切ってほしい」という旨の詔を出した。

基経は形式的にこれを辞退するが、天皇はそれをさらに形式的に退け、再び政務の総括を基経に要請する勅答を差し出した。

ただ、その中に「阿衡の任を以て卿（基経）の任となすべし」と記されてあった。これが大問題に発展したのである。

基経の家司《けいし》（家政をになう職員）をつとめていた文章博士の藤原佐世《すけよ》が「阿衡は単なる名誉職で、じっさいには仕事がない」と知らせたのである。

これを聞いた基経は、「俺に仕事をするなということか」と怒り、一切の政務から手を引いてしまったといわれる。通常、詔勅は中務省の内記と呼ばれる役人が起草するが、この文章をつくったのは内記ではなく、橘広相《たちばなのひろみ》だった。彼は菅家廊下の卒業生で道真の父・是善の教え子だった。学者として優秀で三十一歳の若さで文章博士に就き、その後は貞明親王（後の陽成天皇）の東宮学士（皇太子の教育係）となった。

そして陽成天皇が即位すると、蔵人頭（天皇の秘書官長）をつとめ、続く光孝天皇の時代には文章博士に再任され、さらに参議にのぼった。続く宇多天皇も広相を「私の博士は、優れた学者」と呼んで重用した。

広相は、藤原基経を阿衡と謳われた殷の名宰相・伊尹にたとえたのである。しかしへそを曲げた基経は出仕しなくなった。これでは政治に支障を来《きた》すと考えた左大臣の源融《とおる》は、この勅書の可否について紀伝道、明経道、明法道などさまざまな立場の学者たちに勘申（先例などを調べて上申すること）を命じた。ただ、権力者である基経に対する忖度が働いたようで、やはり「阿衡には職掌がなく名誉職にすぎない」との報告がなされた。

橘広相はこの結果に毅然と反論したが、宇多天皇は仕方なく基経に政治がとどこおらないよう、出仕してほしいと頼んだのである。広相も事態をはばかって引きこもるようになった。貴族社会では、広相を処罰すべきだという声が高まり始めた。

一方、基経はそれでも顔を出そうとしなかった。これまでも気に食わないことがあると、出仕しなくなることがよくあったが、今回はかなり長期に及んだ。

基経がかたくなな態度をとったのは、宇多天皇が親政を目指したので牽制するためだったという。くわえて、広相が娘を宇多天皇に輿入《こし》れさせ二人の皇子をもうけていたのに対し、外戚でない基経が示威行動を見せたのだともいわれている。

このとき道真は讃岐の国司の長官（守）だったが、急ぎ帰京して学問的な（紀伝道の）立場から橘広相をかばい、基経を諫める意見書「奉昭宣公書」を提出した。理路整然としたその主張に、ついに基経も矛を収めざるを得なくなったといわれている。

阿衡の紛議は、基経が娘を宇多天皇に輿入れさせることで落着し、広相も処罰されずにすんだ。

ただ、近年は「宇多天皇が親政を目指したとは考えず、藤原基経と深刻な対立はなかった」（滝川幸司著『菅原道真　学者政治家の栄光と没落』中公新書）という説が出てきている。また、道真の意見書が提出される前に、広相は許され、事件はすでに解決していたという説もある。

ただし、この事件を機に宇多天皇が道真を厚く信頼するようになったのは間違いないだろう。

なお、繰り返しになるが、阿衡の紛議のとき、道真は都におらず、讃岐の国司として現地に赴任していた。この任官について、道真は左遷されたと認識しており、盛んに望郷の念を綴った漢詩をつくっている。ただし、現地では善政をおこなったようだ。

左遷された悲劇のヒーロー

阿衡の紛議後の寛平三年（八九一）、中央に返り咲いた道真は、蔵人頭に就任、式部少輔（式部省のナンバー・スリー）に再任され、さらに翌月、左中弁（太政官の事務官僚）を兼ねた。さらに二年後には参議になった。

すでに藤原基経は寛平三（八九一）年に没し、後継者の時平はまだ二十一歳だった。だから宇多天皇は、道真を藤原一族をおさえる対抗馬にしようとしたのだろう。こうして八九〇年代になると、道真が宇多天皇の支持を得て政治を主導するようになる。

有名なのが寛平六年（八九四）の遣唐使の停止だろう。遣唐大使に任ぜられた道真は、「遣唐使を停止すべきだ」とする建白を出し、承諾されたのである。すでに唐の文化を学び尽くし、かの地の治安も悪化しており、六十年近く遣唐使は派遣されていなかったからだという。

寛平九年（八九七）、宇多天皇は十三歳の息子・敦仁親王（醍醐天皇）に譲位した。このとき宇多は醍醐に「道真と藤原時平の助言を得て政治をとるように」と訓戒している。このため醍醐天皇は、道真を右大臣にした。昌泰四年（九〇一）正月七日には、時平とともに従二位に昇進している。中級貴族が藤原氏と肩を並べた瞬間である。

ところがわずか十八日後、大宰権帥《ごんのそち》に落とされ九州の大宰府に左遷されることが決まったのである。

醍醐天皇は、宣命（和文体で記した天皇の言葉）でその理由を明らかにしている。

「朕が即位した際、父・宇多上皇の詔によって、左大臣・時平らと協力して政治をおこなうように命じられた。なのに低い身分から大臣にのぼった道真は、分をわきまえず権力を独占した。宇多にへつらい欺き、その気持ちを思いやらずに皇位の廃立をたくらみ、父子、兄弟の慈しみや愛を破ろうとした。これは皆が知っていることだ。ゆえに右大臣の地位はふさわしくないので大宰権帥とする」

つまり、道真は宇多上皇の寵愛をいいことに思い上がり、醍醐天皇に譲位させて斎《とき》世《よ》親王を擁立しようとしたというのだ。斎世親王は醍醐天皇の弟にあたり、道真の婿でもあった。

道真を天神として祀る北野天満宮の由来を描いた『北野天神縁起絵巻』（十三世紀に成立）は、道真は無実であり、時平が醍醐天皇に讒訴《ざんそ》したとしている。

道真自身も、

「あめのした　逃るる人の　なければや　着てし濡れ　衣干るよしもなき」（『拾遺和歌集』）

と、自分は濡れ衣を着せられたのであり、無罪だとする和歌をつくっている。

鎌倉中期の『十訓抄』、『古今著聞集』にも時平の讒言説が見られ、以後、この説が後世に踏襲されていく。無実の罪で左遷させられた悲劇のヒーロー道真に対し、己の権力のために道真を追い落とした悪人時平という形が史実として定着していくのだ。

後醍醐天皇と仕組んだ芝居

では、藤原時平はどんな人物だったのだろう。

摂政・関白となった藤原基経の長男として生まれ、昌泰二年（八九九）の二十九歳のとき左大臣（朝廷の当時の最高位）に任ぜられ、右大臣の道真とよく醍醐天皇を補佐した。

好色な人で、叔父の妻を自分のものにしたといい、笑い上戸で、いったん笑い出すと止まらない話があった。

だが、こんな話もある。

醍醐天皇は、貴族たちに倹約を求めていたが、あるとき時平がこれを無視して華美な服装で参内した。すると醍醐天皇は、烈火の如く時平を叱責したのである。恐縮した時平はただちに屋敷にこもり、門を閉ざして謹慎生活に入ってしまった。これを目の当たりにした貴族たちは仰天し、以後、質素な生活に改めたという。じつはこれ、貴族たちの華美をいさめるための、時平が醍醐天皇と仕組んだ芝居だったのである。

このように時平はかなり機転が利く人だったようだ。政治的にも有能で、道真失脚後は、醍醐天皇のもとで政治改革をすすめている。高校日本史の教科書にも「時平の主導のもとに律令制を維持するため、902（延喜2）年には、最後となった班田制の励行や、延喜の荘園整理令が出された」（『日本史探究』実教出版）とある。

また、初の勅撰和歌集である『古今和歌集』について、和歌に造詣の深い時平が積極的に編纂を支援したと考える研究者が多い。法令集『延喜式』の編纂の中心になったのも時平だといわれている。

ただ、一方で日本史の教科書には、次のように評されている。

「宇多天皇は摂政・関白をおかず、学者菅原道真を重く用いたが、続く醍醐天皇の時、藤原時平は策謀を用いて政界から追放した」（『詳説日本史B　改訂版』山川出版社）

「醍醐天皇も摂政・関白をおかず、藤原時平を左大臣、道真を右大臣としたが、901（延喜元）年、道真は時平の策謀によって大宰府に左遷された」（『日本史探究』実教出版）

このように現在でも、時平が策謀を用いて政界から道真を左遷・追放したとある。

貴族たちの嫌われ者

ところで、そもそも論になるが、本当に道真の失脚は、藤原時平による讒訴だったのだろうか。

というのは、じつは、道真が貴族たちの嫌われ者だったからだ。前述のとおり、あまりの栄達ぶりに貴族たちの多くが激しい嫉妬を覚えていたのだ。

それに、道真自身が人間的にも傲慢だった可能性がある。

理由は不明だが、弟子で蔵人頭に出世した藤原菅根《すがね》の頰を平手打ちしたという逸話があるからだ。現代でいえばパワハラだろう。

寛平十年（八九八）には、道真と時平が政治を取り仕切ってしまっていると疑いを持ち、公卿たちが一斉に仕事をボイコットする事態も起こっている。

道真も貴族たちの反発をひしひしと感じていたようで、右大臣の辞任を醍醐天皇に打診するようになった。とはいえ、本気でやめるつもりはなく、引き留められるままに、右大臣の地位に居座り続けた。

道真が失脚する前年、文章博士の三善清行がそんな道真に対して手紙を送った。

「あなたとはまだあまり親しくないので、ご無礼を許してほしいが、あなたのために忠告します。もう十分栄達したはずです。これほどの出世は吉備真備以来でしょう。だから身の程をわきまえ、その地位を退いたほうがよろしい」

そう引退を勧告したのである。だが、それでも辞任しなかったことで、最終的に左遷の憂き目にあってしまったのだ。

いずれにせよ、貴族界で反道真の雰囲気が醸成されていたからこそ、時平の策謀がうまくいったのだろう。

ただ、ここから驚くような話をする。

道真の陰謀は濡れ衣ではなく、本当に彼は醍醐天皇の廃位を企んでいたのではないかという説があるのだ。すでに戦前から幾人もの学者たちが唱えてきた。

たとえば滝川氏は、『扶桑略記』の延喜元年（九〇一）七月十日条をあげ、道真自身の計画ではなかったが、源善の誘いを断ることができず、乗ってしまった可能性を指摘している（滝川幸司著『菅原道真　学者政治家の栄光と没落』中央新書）。

梅を題材にした詩が多い

いずれにせよ、失脚した菅原道真は延喜元年（九〇一）二月一日、都を離れて九州へ向かうことになった。この日、彼は大事に育ててきた庭の梅の木に詠いかけた。

「東風吹かば　匂ひおこせよ　梅の花　主なしとて　春を忘るな」

『大鏡』や『拾遺和歌集』に載る和歌で、有名なのでご存じの方も多いだろう。

「梅の花よ、東から風が吹いてきたら、お前の香りを送っておくれ。主人の私がいなくても、春を忘れてはいけないよ」

何とも切ない歌である。十一歳のときに詠んだ漢詩もそうだが、道真には梅を題材にした詩や歌が多く、彼がこよなく梅花を愛していたことがよくわかる。

なお、道真を慕ったこの梅の木が、一夜にして道真のもとに飛んできたという飛梅伝説もよく知られている。

大宰府に着いた道真は、都に残してきた妻の宣来子《のぶきこ》（師・島田忠臣の娘）にこんな歌を送っている。

「君が住む　宿の梢を　ゆくゆくと　隠るるまでも　帰り見しはや」（『大鏡』）

自宅から牛車で去っていくとき、あなたが住む家が見えなくなるまで振り返っていましたという意味だ。まさに断腸の思いだったろう。

「帰り見し」という言葉には、再び都に戻ってあなたに会いたいという意味が込められているようにも思える。

望郷の念は、

「山別れ　飛び行く雲の　帰り来る　影見るときは　なほ頼まれぬ」（『新古今和歌集』）

という歌でもよくわかる。

「山に別れて飛んで行った雲が、再度帰ってくる姿を見ると、私もひょっとしたら都へ帰ることが出来るかと、ついつい当て頼みしてしまうよ」（佐藤信一著、和歌文学会監修『コレクション日本歌人選０４３　菅原道真』笠間書院）

さらにこんな漢詩も吟じている。

「去年今夜侍清涼　秋思詩篇独断腸　恩賜御衣今在此　捧持毎日拝余香」

昨年、清涼殿における重陽の菊の宴で漢詩をつくり、醍醐天皇から褒められ、衣を下賜されたが、それを道真は毎晩手にして天皇のことを思っているという内容。

華やかな宮廷生活を懐かしく思い出し、いつか戻れることを夢見ているのだ。

さらに「謫居《たっきょ》春雪」と題する漢詩をつくり、そこに「思帰家」と帰京の思いを書いている。しかし結局、道真は大宰府へ左遷されてから二年後、かの地で死去する。

荒ぶる怨霊となった道真

北野天満宮に所蔵されている国宝の『北野天神縁起絵巻』によれば、左遷された道真が、生前、大宰府にある天拝山にのぼって、自分が無実であることを七日七夜、天へ訴えた。その訴えは梵天宮にいたり、道真は生きたまま天満大自在天神という恐ろしき神となったと伝えられる。

死後まもなくして道真は荒ぶる怨霊となり、天変地異や災いを引き起こしていく。

藤原時平は、道真が亡くなってから六年後に三十九歳の若さで亡くなってしまうが、これも道真の祟りだったといわれる。ただ、亡くなった時平に代わって弟の忠平が醍醐天皇を補佐するようになり、その治世は理想的な時代だったとして「延喜の治」と呼ばれるようになった。

延喜八年（九〇八）、道真の弟子でありながら、その失脚に加担した藤原菅根が、雷に打たれて亡くなった。さらに翌年、前述したように道真を陥れたとされる時平も壮年で急死した。

この頃から干ばつ、疫病、洪水、長雨など天変地異が毎年のように続き、これは怨霊と化した道真の仕業に違いないと噂されるようになった。

だが、道真の怒りは、時平の死でも癒やされることはなかった。

延喜二十三年（九二三）、時平の妹・穏子《おんし》が産んだ皇太子の保明《やすあきら》親王が二十一歳の若さで亡くなってしまったのだ。これで怨霊の存在を確信した醍醐天皇は、道真を左遷したさいの勅書を破棄し、道真の地位を右大臣に戻し、正二位を贈ったのである。

だが、新たに皇太子となった保明の子・慶頼王も、それから二年後、わずか五歳で夭折してしまった。慶頼王の母・仁善子は、時平の娘だった。

さらに祟りは続く。延長八年（九三〇）、宮中の清涼殿で大納言の藤原清貫と右中弁の平希世がにわかに雷に打たれて亡くなったのである。紫宸殿にも雷が入り込み、三人の貴族が犠牲となった。これに衝撃を受けたのか、醍醐天皇は体調を崩したのを機に退位してしまい、まもなく崩御したのである。

「道真が雷神となって人びとを殺したのだ」と信じた貴族たちは、おそれおののいた。天慶五年（九四二）、多治比文子《たじひのあやこ》という平安京の右京七条二坊十三町に住む女に、道真の霊が乗り移り、ある意志を告げたと『北野天神縁起』などに記されている。これにしたがい、朝廷は平安京内の北野の地に北野天満宮を創建するのを認めた。ちょうどこの時期、平将門の乱や藤原純友の乱などが続発しており、京都の人びとは不安のただ中にあった。そうした社会状況も、道真の霊を鎮めるための社を認めたことと関係していよう。

以後、学問の家柄である菅原一族が北野天満宮を管理し、朝廷も同社を勅祭の社にするなど保護したことから、菅原道真は怨霊から詩文の神と意識されるようになった。さらに室町時代になると、北野天満宮で盛んに歌合わせや連歌の会などがおこなわれた。

歴代の室町幕府の将軍たちも北野天満宮に保護をくわえ、将軍義満は諸役を免除している。このように文化的会合を催す場所であったので、戦国時代、豊臣秀吉も京都で大茶会を開くさい、会場として北野天満宮を選んだのだろう。

紀貫之《きのつらゆき》

和歌の第一人者として、
リーダーシップを発揮

どんな人?

歌人、日記作者、三十六歌仙の一人。醍醐天皇の勅を奉じて、『古今和歌集』撰進にあたり、歌壇において活躍。

代表作

『土佐日記』

⇒承平4年(934)に土佐守の任を終え、同年12月に国府を出てから、翌年2月に帰京するまでの間の日記。前土佐守に随従して帰京する女性の見聞のような設定で書かれている。

生誕	貞観14年(872)※諸説あり
死去	天慶8年(945)/享年74〜76歳ごろ※諸説あり
父親	紀望行
母親	不詳
妻	不詳
子	時文など

仕事予想(もし、現代に生きていたら?)

デザイナー・映画監督・プロデューサー

女性になりすまして執筆

紀貫之は、日本初の勅撰和歌集『古今和歌集』を撰者の中心となって編纂し、さらに女性に仮託して『土佐日記』を書き、その後の日記文学の流れをつくった人物である。まさに平安時代を代表する文豪だ。

そのため、貫之に関する伝記も数多く存在する。本書もそうした伝記や研究を参考に彼の生涯を綴ろうと考えていたが、驚くべきことに、どの伝記や研究書に目を通してみても、彼の具体的な日常生活や役人としての活躍についてはほとんど記されていないのだ。

理由は至極簡単、そもそも貫之の記録がほとんど残っていないからである。これだけ有名な人物なのに何とも意外な気もするが、出版されている伝記はすべて、貫之が撰した『古今和歌集』の解説、彼の和歌の紹介とその分析、『土佐日記』の内容の詳述に終始している。

もっとも詳しいのは、平安時代中期に公卿（現在の閣僚）で歌人の藤原公任が書いた『三十六人撰』ぐらいだろう。そう、あの『小倉百人一首』の歌人の一人である。

これに対して、『土佐日記』があるではないかと考える方も少なくないだろう。

この日記は、土佐守をつとめた貫之が、土佐から都に戻るまでの五十五日間の体験を詳しく綴ったもの。「男もすなる日記といふものを、女もしてみむとてするなり」と冒頭にあるように、なぜか貫之は女性になりすまして記している。とはいえ、詳しい体験や心の動きが描かれているから、貫之の行動や性格がわかると考えるのは、早とちりである。というのは、どの逸話が事実で、どれが創作なのかを判別できないからだ。学者によっても解釈はまちまちで、下手をするとほとんどが虚構かもしれないという説もある。

父親譲りの才能

『三十六人撰』に書かれている紀貫之の生涯をおおまかに紹介していこう。

まず生年だが、すでにここからはっきりしない。有力なのは、貞観十四年（八七二）だが、諸説あって定説はない。父が紀望行であることは間違いないが、母についてはこれまたよくわからない。内教坊伎女だという記録もあるが、その来歴も判然としない。一説には内教坊に住んでいた伎女や娼妓であり、貫之はここで育ったともいわれている。

父方の紀氏は、武内宿禰《すくね》という五代にわたって天皇を補佐したと伝わる実力者を祖とする。宿禰は武人として優れており、紀氏も多くの武官を輩出し、公卿にまでのぼった先祖も少なくなかった。だが、藤原氏が権力を掌握する過程で排斥され、やがて中流貴族に落ちぶれてしまった。しかも、父の望行は紀氏の傍流であったようだ。

研究者の神田龍身氏も「貫之の時代にあって、紀氏の栄誉は遙か昔のことでしかなく」「紀氏本流にももはや昔日の面影は微塵もない。彼らは藤原摂関家の人脈に寄生しながら、貴族社会の末端で汲々と生きるしか術がない」（神田龍身著『紀　貫之あるかなきかの世にこそありけれ』ミネルヴァ書房）と述べている。

そんな泡沫貴族の一人だったこともあり、生まれてから二十歳まで貫之がどこで何をしていたのかまったくわからない。しかし、二十代前半になると、皇族らの歌合に参加するようになっていく。歌合というのは、貴族たちが左右に分かれて歌の優劣を競う遊びである。今でいえば紅白歌合戦だ。

たとえば田中登氏は、延喜十三年（九一三）に実施された『亭子院《ていじいん》歌合』で貫之が「桜散る木の下風はさむからで空に知られぬ雪ぞ降りける」の歌で「落花を『空に知られぬ雪』と表現した、その斬新な発想が王朝人の評価するところとなり、貫之の代表作として長く記憶に留められることになったのである」（田中登著『コレクション日本歌人選005　紀貫之』笠間書院）と、この時期の活動が歌人としての大きな画期になったと述べる。

貫之の歌の才能は、望行の歌が『古今和歌集』に選ばれていることから、父親譲りだろう。こうして新進気鋭の歌人となった貫之は、宮中の御書所預（宮中の書類の管理・保管役）に任じられたころに、醍醐天皇から勅撰和歌集の撰者に命じられた。こうして延喜十三年（九一三）ごろ、『古今和歌集』を完成させたのである。先述の生年が正しければ、貫之四十二歳のときのことになる。歌集の製作に関しては後に詳述する。

長生きして、地道に出世

延喜六年（九〇六）、貫之は越前権少掾《しょうじょう》となり、同七年に内膳・典膳にのぼった。同年には宇多法皇の大堰川《おおいがわ》への御幸に従っている。

同十年に少内記となるが、『古今和歌集』の編者だったこともあり、和歌の第一人者として、この時期から多くの貴族たちに屏風歌を依頼されるようになった。

屛風歌とは聞き慣れない用語だが、もともと中国の唐絵には、その情景にちなんで詠んだ漢詩が書かれていた。この風習を模倣して、屛風に描かれた大和絵（日本画）の題材に合わせた和歌を詠み、その和歌を短冊に記し、屛風に貼り付けたのである。『貫之集』（貫之の個人的な歌集）全九巻（約九〇〇首）のうち前半の四巻がすべて屛風歌で、その数はなんと五〇〇首あまりにのぼる。当然、貴族たちからの謝礼もあったろう。あくまで想像だが、この仕事で生計が立つくらいだったかもしれない。

延喜十七年（九一七）、従五位下加賀介となった。五位以上が貴族のうちに入るので、四十六歳にしてようやく貫之は下級の貴族になったのである。当時の歌人の地位の低さがよくわかるだろう。

五十二歳の延長元年（九二三）に大監物《だいけんもつ》になって以来、しばらくの間貫之は公式の記録から消える。ずっと同じ職にいたのかもしれない。延長七年（九二九）、右京亮を経て翌年土佐守に就いた。五十八歳のときだ。

こうして遠国土佐で国守を四年つとめ、都に帰還する。繰り返しになるが、このおりの帰路の船旅を綴ったのが『土佐日記』である。ただ、貫之は当時としては長生きで、六十九歳で玄蕃頭《げんばのかみ》をつとめ、七十二歳のときようやく従五位上にのぼった。

この頃に『新撰和歌集』が完成したといわれる。さらに、七十四歳で木工権頭《もくのごんのかみ》となり、生涯現役のまま同年、その生涯を閉じたようだ。

飛びぬけた和歌の才能

ざっくり貫之の生涯について語ったところで、続いて貫之の歌人としての活躍を語ろう。絶対に外せないのは『古今和歌集』の編纂事業であろう。

延喜五年（九〇五）、貫之は醍醐天皇から、紀友則（貫之の従兄）凡河内躬恒《おおしこうちのみつね》、壬生忠岑《みぶのただみね》とともに和歌集の選者を拝命した。ただ、醍醐天皇は歌集の完成時、二十歳そこそこなので、おそらくこの事業は和歌を愛する為政者・藤原時平の意向だったのではないかといわれている。

現在ではこうした歌集の選者は、その道の大家《たいか》が請け負うものであり、大学の教授職など社会的地位も高い人が多い。が、『古今和歌集』の撰者四名はみな官位が低かった。

これについて研究者の藤岡忠美氏は、「和歌が公的ならぬ私的日常の世界に生き続けてきた伝統文芸である以上、いかに宮廷歌としてふさわしい変質を遂げたとしても、宮廷官僚の文学としての漢詩とは違う固有のものが生き残ってゆくことはいうまでもない。恋愛や個人消息などの私的感情の表白をこととする和歌の世界だから、撰者としてはあまり身分の高くないもののほうがむしろふさわしい」（藤岡忠美著『紀貫之』講談社学術文庫）と論じている。

『古今和歌集』は二十巻、およそ千百首の歌がおさめられている。藤岡氏によると、このうち「読人知らず」の歌がおよそ四五五首あり、作者がわかる歌の中で撰者四名の歌が二四四首にのぼる。つまり「作者の判明している和歌の中の四割近くが撰者の作によって占められている」のだが、さらに四名のうち貫之の歌は一〇二首、すなわち半分近いのである。藤岡氏は、「貫之一人が群を抜いているという印象を否めない。この歌数の差から明らかに読み取れるのは、貫之がいかに実務の中心人物となって、指導的立場を発揮したかということである」（前掲書）と述べている。

藤岡氏によれば、撰者の中心となるべき紀友則が病に伏せてしまい、その後は貫之が事業の中心になったという。

一族の名誉をかけた和歌の復興

歌の分類や整理の方法は、それ以後の和歌集の模範となったが、これについても選者たちは相当苦心してこの方式を編み出したと思われる。

田中登氏は、「単に諸書から優れた歌を集めてくるというだけでは満足せず、集それ自体に一個の秩序だった体系を与え、そうすることによって、それを構成している一首一首の歌の価値とはまた別に、全体を一つの統一的な作品とする大きな文芸的価値を、そこに見出そうとしていたからである」（田中登著『コレクション日本歌人選005　紀貫之』笠間書院）と論じ、「一千余首の歌を、それぞれが詠まれたテーマにしたがって分類・配列するのに、大変な神経を使った」（前掲書）と推測している。

とくに恋の部に関しては「いまだ見ぬ人を恋い慕う初恋の歌から失恋の悲しみを述べた歌まで、恋愛の種々相がその進行状態に沿って展開されるなど、その配列の複雑にして巧妙なこと、まことに驚嘆するばかり」（前掲書）と述べる。

神田氏は、こんな大変な作業を貫之がやり通したのは、「かつての紀氏の栄光を幻視しつつ、勅撰集の編纂にその夢を託さんとしていたのではあるまいか。政治世界での栄達はとうの昔に断念した。しかし、和歌なるものの復興に一族の名誉回復を密かに祈念したのである。最初の勅撰和歌集成立の裡には、このような下級官吏たちの文化的アナーキズムが伏流しており、またそれを可能にするものとしての勅撰という大事業であった」(神田龍身著『紀　貫之　あるかなきかの世にこそありけれ』ミネルヴァ書房)と論じている。つまり、貫之ら撰者たちの宿願だったというのだ。

日本初の歌論

『古今和歌集』の序文は、仮名と漢文の両方で書かれたが、貫之は仮名序を担当した。これが、日本で初めての歌論だといわれる。

「やまと歌は、人の心の種として、よろづの言の葉とぞなれりける」ではじまる仮名序の冒頭で、貫之はこんなことを綴っている。要約しよう。

「やまと歌=和歌というのは、人の心を種にたとえるなら、それが多くの言葉になったものであり、この世を生きる人びとが思ったり見たりしたことをいい表したものが歌である。誰だって花の間で鳴く鶯や水に棲むカジカの声を聞けば、歌を詠まずにはいられないだろう」

そう述べたあと、次のように語る。

「力をも入れずして天地を動かし、目に見えぬ鬼神をもあはれと思はせ、男女の中をも和らげ、猛き武士の心をも慰むるは、歌なり」

これはほぼ原文そのままだが、現代語訳せずとも理解できるだろう。しかも、何と的確な表現だ。まさに歌の力を見事にいい表している。和歌を現在の歌謡曲と同じだと考えてみれば、現代人だって歌詞に心を揺り動かされた経験のない方はいないはず。

貫之はさらに、和歌は天地が始まったときに生まれたが、思いのままに歌ったので当初は方式が定まっていなかったが、地上で初めて歌を詠んだ素戔嗚《すさのお》が三十一文字で詠んだと述べる。以後、花を愛で、鳥にあこがれ、霞にあわれを感じ、露に悲しく思う歌を詠むようになった。こうして長い年月を経て、和歌が発達してきたのだとし、以後は、和歌の発達史や近年の和歌の名手六名（六歌仙）を挙げ、その歌の紹介や批評などを展開していった。

この貫之の歌論は、和歌を定義づけたもので、後の歌人たちに大きな影響を与えた。ちなみに『古今和歌集』の構成も、以後の歌集に絶大な影響を与え、江戸時代の香川景樹《かげき》の桂園派にも踏襲されていった。まさに貫之は、和歌の神様のような扱いを受けてきた。そんな貫之の評価を一変させたのが、明治時代に活躍した正岡子規である。

子規の功績は、和歌・俳句・文章の革新であった。中でも『歌よみに与ふる書』は、和歌に革命をもたらした歌論としてよく知られている。この書に載る文言は、何とも過激で挑発的だった。

「貫之は下手な歌よみにて、古今集はくだらぬ集にこれ有り候」（田中登著『コレクション日本歌人選005　紀貫之』笠間書院）

この一文は、衝撃的だ。長い間和歌の手本とされてきた『古今和歌集』をこんなふうに「くだらぬ歌集」で、「これを崇拝するなど気が知れぬ」とばっさり切り捨て、さらに貫之についてさえ、「下手な歌よみ」だと断じたからだ。子規は、優美で技巧的な古今調の和歌を嫌い、『万葉集』の素朴さを高く評価したのである。

これによって特に子規以降から戦前まで紀貫之の評価は散々だったが、その後、再評価され、今に至っている。

ユーモアのある『土佐日記』

最後に『土佐日記』について、少し触れておこう。

史実と虚構の境があいまいな作品だが、そもそもなぜ貫之が女性のふりをして文章を書いたのかについて、研究者の間で定説はない。

いずれにせよ、仮名文字は当時女文字といわれ、男性は好んで仮名文字を使用しなかった。とはいえ、和歌同様、漢文よりは日本的な、繊細な表現が可能である。だから女性に仮託して文学作品を書いたのだろうという意見が多い。

三谷栄一氏は「実録的な自己のための備忘録というより、自己を語ろうとしている。読者を予想しているといえる。しかもその読者にはひそかに女性を考えていたのではないか」（三谷栄一訳注『土佐日記』角川ソフィア文庫）と主張する。

西山秀人氏は、こうした大胆ともいえる手法を用いることで、「官僚としての自分を解放」（西山秀人編『土佐日記（全）ビギナーズ・クラシックス　日本の古典』角川ソフィア文庫）したのだろうと考察している。

『土佐日記』は五十五日間の日記なので分量は少ないが、その中に、およそ五十八首の和歌と三首の歌謡を含んでおり、いわば歌日記といえる体裁になっている。

また、大きなテーマがいくつか設定されている。たとえば娘の死がその一つである。都に帰る国司夫妻は、土佐で娘を失っており、その娘に対する回想や悲しみを綴る歌が繰り返し挿入されている。

「あるものと　忘れつつなほ　なき人を　いづらと問ふぞ　悲しかりける（亡くなってしまったことをふと忘れてしまい、まだ生きているものと思って、「あの子はどこ」とたずねてしまうのは、かえって悲しいものだなあ）」（前掲書）

「世の中に　思ひやれども　子を恋ふる　思ひにまさる　思ひなきかな（あれこれ考えてみても、この世の中で亡き子を恋い慕う親の情にまさる思いというのは、ほかにありはしないのだ）」（前掲書）

このほか海賊に対する恐怖が何度も登場したり、子供がうまい歌をたびたび詠む描写が登場したりする。さらに、「海神を怒らせて遭難しないよう、女たちは派手な着物を身につけないようにしているのに、一方で水浴びのさいには、すねまで着物をまくり上げ、鮨鮑を見せつけている」と記す。もちろん鮨鮑は女性器のことであり、こんなユーモアもときおり織り込んでいる。

ともあれ、後世の和歌や文学に絶大なインパクトを与えた紀貫之だが、その生涯は謎に包まれているのである。

藤原道綱母《ふじわらのみちつなのはは》

どんな人?

歌人、中古三十六歌仙の一人。藤原倫寧《ふじわらのともやす》の娘《むすめ》。本名は不詳。

代表作

『蜻蛉《かげろう》日記』

⇒回想録的な日記。兼家と結婚してから足が遠のくまでの経緯を叙述。主に妻の生活の苦しさやはかなさ、嘆きなどが書かれている。

生誕	承平6年(936)※諸説あり
死去	長徳元年(995)/享年60歳ごろ※諸説あり
父親	藤原倫寧
母親	不詳
夫	藤原兼家
子	藤原道綱など

仕事予想(もし、現代に生きていたら?)

評論家・女優・インフルエンサー

旦那のことを馬鹿にした日記

藤原道綱母は、プライドばかり高くて嫉妬深いうえ、ときおりツンデレ系の媚態を見せる鼻持ちならない嫌な女だ。彼女が書いた『蜻蛉日記』を読んでいると、そう思えてしまうし、旦那の藤原兼家がつくづく気の毒になってくる。

藤原兼家は、一条天皇の外戚として摂政となり権力を握った人物。ただ、権力者となったのは、道綱母と事実上離婚状態になってからのことである。

道綱母は、その本名がわからない。これから語る女性たちも同様である。それは、やはり女性の身分が低いところから来ている。とはいえ、清少納言、紫式部、和泉式部は宮仕えの経験があり、女房名の一部や通称がわかっている。対して道綱母は、家の人（主婦）だった。そのため、呼びようがない。そこで兼家との間に道綱をもうけたので、道綱母といわれているのだ。

繰り返しになるが、道綱母は『蜻蛉日記』の作者である。

平安貴族は、朝廷から配布される具注暦《ぐちゅうれき》（95ページ）という暦に備忘録を記していた。これが当時の日記といわれるものだった。藤原道長の『御堂関白記』が有名だろう。しかし『蜻蛉日記』は、こうしたものとは性質が異なり、あくまで日記の体裁をとった文学作品なのである。

紀貫之が女性に仮託した日記文学（『土佐日記』）を創始したことはすでに述べたが、道綱母は、日本で最初に日記文学を書いた女性である。彼女の執筆した『蜻蛉日記』は、その後の女流日記文学である『紫式部日記』『更級《さらしな》日記』『和泉式部日記』などに少なからぬ影響を与えたといわれている。

『蜻蛉日記』は、道綱母の十九歳から三十九歳（諸説あり）までの約二十年間の出来事が綴られている。六十歳まで生きていたようだが、後半生は語られていない。

その理由は書き出しを読むと理解できる。意訳して紹介しよう。

「世の中に多く出回っている古物語をちょっと読んでみると、みんな空言ばかりね。だったら、高貴な貴族の妻である私の身の上を書いた日記を公開すれば、物語なんかよりも珍しがってくれるでしょう」

とあるように、後に天皇の外戚（母方の親戚）として朝廷を牛耳った兼家との、夫婦のよしなし事が内容の中心になっている。

権力者にのぼった兼家が、かつて自分のことを妻として愛したことを自慢したかったのか。そんなふうに思ってしまうが、日記を通読してみると、けっこうボロカスに兼家のことをけなしたり、馬鹿にしたりしている。浮気に対する恨み節も散見する。どうも、彼女の執筆意図がいまいちよくわからない。兼家への復讐、つまりネガティブ・キャンペーンだという説もあるし、兼家が支援して執筆させたという説もある。

玉の輿に乗るチャンス

彼女は十九歳（諸説あり）のとき、父の倫寧から急に縁談を持ちかけられた。その相手が、摂関家出身の兼家（二十六歳）だった。

兼家の祖父・忠平は、長年、摂政・関白をつとめ、朝廷で大きな力を持った貴族だった。兼家の父・師輔《もろすけ》も時平の次男だったが、長女の安子《あんし》を村上天皇の女御（妻）として入内（中宮、皇后、女御になる人が、礼式を整えて内裏に入ること）させ、憲平親王が生まれたことで天皇の外戚となり、この当時は右大臣をつとめていた。師輔には左大臣の兄・実頼がいたが、入内させた娘の述子《じゅっし》が村上天皇の皇子をもうけず亡くなったので、師輔の家が摂関家の嫡流になる可能性が高くなっていた。ゆえに兼家は、師輔の三男といえども、公卿（現在の閣僚）になる将来が約束されていた。

一方、道綱母の父・藤原倫寧は、藤原北家の傍流の家柄であった。陸奥守、河内守などを歴任する受領（現地に赴く国司の長官）層で、財力はあるがそれほど位階が高くない。いわゆる中、下級貴族だった。一方、道綱母の母親については、源認《みなもとのみとむ》の娘説と藤原春道の娘説があり、はっきりしない。

そういった意味では、中、下級貴族の家柄である道綱母にとって、まさに玉の輿に乗るチャンスだったわけだ。

平安時代の恋愛

だが、道綱母は、兼家の求婚の仕方が気に入らなかった。平安貴族は、正式に結婚する場合にはきちんとしたルールが定められていた。プロポーズは、求婚の歌を相手の乳母や侍女を通して本人へ渡すのがルールとされた。なのに兼家は、いきなり倫寧に戯れのように「あなたの娘と結婚したい」とほのめかしてきた。それが非常識だと、道綱母は腹を立てたのである。

さらに、その後に送ってきた恋文にもむかむかしている。安っぽい紙に悪筆で下手くそな歌が書かれていたからだ。無視しようとしたが、母が返事を書けとうるさいので、仕方なく「いくら手紙をくださっても、意味がありませんよ」とつれなく返書した。けれどその後も、たびたび兼家から歌が届いたが、彼女は、しばらく返事をしなかった。

ちなみに平安時代の恋愛は、このように男が女に愛を告白する文や歌を送ることから始まる。ただし、これにもルールがあって、歌を受け取った女性は、必ず最初は申し出を断ることになっていた。その後、何度か男性から同様の和歌が送られ、ようやく返歌して合意する形だった。

相手の想いを受け入れた場合、女はその旨を認めた返歌を男に届けた。もちろん男はその夜、女の家へやって来る。そして女の部屋へ忍びこんで想いを遂げるのだ。

当時は相手の容姿より、歌の上手下手が恋愛成就のカギになった。そのため、両親や知人、あるいは作家に代作を頼む場合も多かった。ただし、容姿をまったく気にしなかったわけでもない。たとえば『源氏物語』には、美女だと評判の末摘花《すえつむはな》に興味を持った光源氏が、歌のやりとりのすえ彼女の部屋へ入って思いを遂げたものの、朝になって彼女の顔を見たら、面長の顔に先がふくらんだ赤い鼻がついており、彼女の下卑た笑顔を見て意気消沈するという場面がある。

ちなみに道綱母は、歌人として優れた才能があるだけではなく、絶世の美人であった。『尊卑分脈《そんぴぶんみゃく》』（南北朝時代に成立した系図集）には「本朝第一美人三人内也」と紹介されている。まさに才色兼備の人だったので、兼家の教養のなさが嫌だったのだろう。ただ、結局、道綱母は兼家との結婚を決めた。やはり高貴な家柄に引かれたのだろう。返事を長引かせたのは、自分を高く売ろうとする駆け引きだったのかもしれない。

もちろん、両親の意向も強かったはず。兼家の末っ子道長の例をあげると、若い道長が源倫子に求愛したとき、彼女の父親が結婚に反対した。道長には何人もの兄がおり、出世の可能性が低かったからだ。逆にいえば、道長は有力な貴族の娘を妻にすることで自分の未来を切り開こうとしたわけで、結婚は栄達の手段でもあったことがわかる。なお、道長を気に入った倫子の母親が夫を説得して結婚へ導いたといわれ、母が娘の結婚に深く関わっていたことも読み取れる。

平安時代の結婚式

当時の結婚式は、夜に執りおこなわれた。新郎が行列をつくって女性の屋敷に現れ、先頭の松明の火を、新婦の家にかかげられた火とあわせる。これを「火合わせ」といい、そのあと新郎は屋敷に上がり、御簾《みす》の中の寝床へ新婦と入る。すると新婦の両親は、新郎の靴を持ち、その夜は懐に抱いて寝る。朝、自宅に戻った新郎は、昨日の感想を和歌にして新婦の屋敷へ使いを送る。その日も、新郎は昨日と同じことをし、三日目の夜にようやく披露宴となる。宴では新婦の家で用意した餅を食べる。これを「三日夜餅《みかよのもちい》」といい、そのあと初めて新郎は新婦の親に対面する。それがすむと親族・仲間が集まっての酒宴となる。宴の終わりには、出席者へお金とお土産が渡される。宴の費用は新婦の両親が負担する。こうして結婚の儀式は滞りなく終了するのだ。

法律上（大宝律令）では、男は十五歳、女は十三歳で結婚できたが、適齢期は決まっておらず、六十歳を過ぎて結婚する例もあった。男性が初めて妻を持つ場合、年上であるケースが多い。倫子も道長より二歳年上だった。ただ、二番目以降の妻は年下が一般的だ。

妻訪婚や招婿婚では、生まれた子は母の屋敷で養育された。それは皇子も同様である。摂関政治は、天皇の外戚が摂政・関白となって政務をになう政治だが、そうした形態が成立したのは、この結婚制度と関係がある。天皇や皇子は母の屋敷で育つので、必然的に外戚は影響力を行使できたのだ。ただし、平安中期以降になると、それが変化していくが、これに関しては別項（87ページ）で解説する。

夫・兼家の浮気

道綱母が結婚したとき、兼家にはすでに時姫という妻がおり、前年に長男（道隆）が生まれていた。さらに他に妻がいたかどうかは不明だが、少なくても道綱母は二番目以降の妻だった。ただ、時姫は道綱母と同じ受領層の家柄だったので、これから多くの子女をもうければ、十分、正妻の位置に立てる可能性はあった。実際、結婚の翌年八月、道綱母は息子（道綱）を産んでいる。これで立場は時姫と同じになったわけだ。出産のさい、兼家は懇《ねんご》ろにしてくれたと道綱母は書くが、その翌月、彼女にとって衝撃的な事件が起こった。

兼家が部屋を出た隙に、彼の文箱を開けてこっそり手紙の束を見たところ、その中に別の女に宛てた恋文を発見したのだ。現代風にいえば、夫がトイレに行っている隙にスマホを盗み見て、浮気相手とのラインのやりとりを発見したようなものだろう。

衝撃を受けた道綱母だが、「この手紙を見たことをわざと知らせてやろう」と考え、その手紙の端っこに「他の女に渡そうとした手紙があるので、あなたはもう私のところには来ませんね」という歌を書き付けたのである。これは、ちょっと怖い。書き付けを見つけたとき兼家がどう思ったかわからないが、十月になると、三日間ほど道綱母の屋敷を訪れないことがあった。もちろん、恋文の相手のところに入り浸っていたのだろう。けれど来訪した兼家は、いつもと変わらない態度で道綱母に接し、「あなたに逢わずにいられるかどうか自分の気持ちをためそうと思って……」（川村裕子訳註『新版 蜻蛉日記Ⅰ（上巻・中巻）現代語訳付き』角川ソフィア文庫）といい放ったという。

そんな兼家があるとき、「どうしても行かなくてはならない用事があるんだ」とそそくさと屋敷を出て行ってしまった。不審に思った道綱母が人を遣わして後をつけさせたところ、「町の小路のこれこれという屋敷に入り、そこでお泊まりになりました」との報告を受けた。

「やはりそうだったのね。悔しい。悲しい。兼家に何と言ってやろうかしら」と思い悩んでいたところ、それから二、三日経った夜に門を叩く音がする。しかし、どうしても浮気が許せなかった道綱母は、その日、門を開けなかったのだ。

すると兼家は、すぐに例の「町の小路」に住む女のもとへ行ってしまったと『蜻蛉日記』に書かれている。ということは、またも道綱母は、従者に兼家を尾行させていたわけだ。

ともあれ、「このままですましてなるものか」と嫉妬した道綱母は、兼家に対し「嘆きつつ一人寝《ぬ》る夜のあくる間はいかに久しきものとかは知る」（前掲書）という歌を送った。

「嘆きながらたった独りで寝ている夜。その夜が明けるまでの時間がどんなに長くどんなにつらいものだかか、あなたにはおわかりにならないでしょうね。戸を開けるのも待ちきれないでいるあなたは」（前掲書）という意味だ。

すると兼家は、「夜が明けても門が開くまで待っていようかと思ったけれど、急な使者が来合わせたのでね」（前掲書）と平然とシラを切ったのだ。しかも以後は、公然と「町の小路」の女のもとに通い始めたのである。

このため『蜻蛉日記』には、こんな浮気男を夫に選んだことを後悔する文言がずらずらと並ぶようになる。

周知のように、当時の貴族社会は一夫多妻制をとっている。ゆえに妻となった者は、夫に別の女がいることを気にしないものと私たちは思いがちだが、この日記は、そのイメージを打ち破ってくれる。夫が他の女性と関係を持つことをなじり、相手の女性を激しく憎んでいるからだ。現代の私たちと、何ら変わらない感情を持っていることがわかる。

プライドが高く、怖い女

しかも道綱母という女性は、このまま泣き寝入りをしなかった。なんと、もう一人の妻である時姫に接触したのである。「町の小路」の女を排除するため、彼女を味方につけ共同戦線を張ろうとしたようだ。「敵の敵は味方」ということなのだろう。

道綱母は、時姫に対し、「あなたのところにも、兼家がまったく通わなくなったという噂を耳にしました」と述べ、「そこにさへかるといふなる真菰草いかなる沢にねをとどむらむ」（川村裕子訳注『新版 蜻蛉日記Ⅰ（上巻・中巻）現代語訳付き』角川ソフィア文庫）という歌を送りつけたのだ。水底に深く根を張る真菰草を兼家に喩え、「あの人はどこに根を張っているのでしょうね」という意味だ。

すると時姫は、道綱母に「確かに私のところには寄りつきません。私はてっきり、あなたのところに根を張っていると思っていました」という返歌を送達し、相憐れもうとした道綱母の期待をきっぱり拒絶したのである。当然の反応だろう。

なお、頻繁ではないが、兼家はそれからも道綱母のもとを訪れた。ただ、あえてつれなくする彼女の態度に、だんだんと足は遠のいていったようだ。ちょうど通綱母の屋敷が、兼家が内裏を往復する道筋にあたっており、彼が通るたびにその咳払いが耳につき、道綱母は落ち着いて眠れないようになってしまった。しかも「昔はあれほど兼家が執心した方なのに、最近はすっかりご無沙汰のようね」と人びとに噂されるようになり、プライドが高いだけに、道綱母はそれがつらくてたまらなくなってしまった。

そこで性懲りもなく、道綱母は時姫に対し、「あなたのところに兼家はまったく来ないそうね。私以上におつらいでしょう。お気の毒に」と見舞いの手紙を出したのである。時姫は心の広い女性だったのだろう。そんな馬鹿げた手紙を無視せず、きちんと返事を出してやっている。それに、この頃になると時姫にはさらに娘が生まれ、その立場は道綱母より優位になりつつあった。

そうこうするうち、「町の小路」の女が兼家の子供を妊娠したことを知る。しかも、兼家は彼女が安産であるよう、良い方角の屋敷を探してやり、彼女と同じ牛車に乗り込み、行列を連ねて道綱母の自宅の前を通り過ぎたのである。道綱母にとっては、酷い屈辱であった。

「町の小路」の女は男児を出産したが、それからまもなく、兼家の彼女に対する愛はさめてしまい、足が遠のいていった。これを知ったときの道綱母の感想が恐ろしい。「彼女が長生きして、私が悩み苦しんだように、ずっと苦しみ続ければいいのに」と日記に記しているのだ。さらに、生んだ男児が翌年夭折すると、それを愚弄し、「みんながちやほやするからと言って、彼女は調子に乗り過ぎた。今はどんな気持ちでしょうか。私よりきっと苦しんでいるに違いない。ああ、胸がせいせいしたわ」と書きつけているのだ。ここまで陰湿な言葉を、他人が見るであろう文学作品にあえて刻むとは、この道綱母という人は、ある意味、相当度胸がすわっている。

ただ、「町の小路」と切れた兼家が道綱母のもとに戻ったわけではない。今度は別の女に入れ込むようになった。もちろん、これを手をこまねいて見ている道綱母ではない。兼家に長歌を送って、離れてしまった夫への恋しさと切なさを訴え、自分のところに戻ってきてくれるはずという期待感をぶつけた。

これに対して兼家も長歌を返している。そこには、道綱母への愛情が盛り込まれているが、同時に「あなたはいつも富士山の煙のように嫉妬の焔を燃やし続け」「つれないそぶりでよそよそしいばかり」「あなたの侍女たちが私の愛情が足りないと怨むので、私の方はみっともなく、いたたまれない思いをしているのだ」(前掲書)と本心も記されてあった。誰だって、そんな女の家には通いたくなくなる。

とはいえ、夫婦関係が切れたわけではなかった。思い出したように、ときおり兼家は道綱母のもとを訪れた。道綱母が三十一歳の三月には、兼家は彼女の屋敷で発病した後、自分の屋敷へ戻り、半月近くも静養している。その間、道綱母は一日に二、三回も手紙を送り、兼家から「夜にこちらへいらっしゃい」と誘いが来るほど親密な関係に戻った。

正妻・時姫に敗北

しかしこの年、時姫は末っ子の道長を出産している。すでに彼女は、兼家との間に三人の息子(道隆、道兼、道長)と二人の娘(超子、詮子)をもうけていた。もはや、道綱母との間に大きな差ができてしまっていたのだ。それでも道綱母は、時姫に対抗しようと葵祭の連歌対決で火花を散らしたり、自分の下衆が時姫の下衆と乱闘騒ぎを起こしたりしている。さすがに時姫が嫌がったのか、兼家は道綱母を少し離れたところに引っ越しさせている。

だが、その後も道綱母は、病気が悪化したからと言って「私もいよいよ最期の時を迎えることになりました」と遺書を送りつけるなど、どうにか兼家の気を引こうとした。けれど、時姫との差は縮まらず、道綱母が三十四歳のとき、ついに敗北が決定的になった。兼家は、冷泉天皇に入内した長女・超子の里帰りのため、新たに東三条殿（東三条邸）を建設したが、この屋敷に時姫とその子供たちを迎えたのである。ここにおいて、時姫の正妻としての立場が確立したといえよう。

それからも兼家は、あちこちに愛人をつくり続けた。一方でプライドが高く嫉妬深い道綱母のもとにはあまり近づかなくなってしまう。元日には毎年顔を出していたのに、道綱母の家の前を素通りし、兄の愛人だった近江（藤原国章女）のところに通うようになった。しかも「どうやら彼女と結婚するようだ」という噂も聞こえてきた。

出家騒動で夫の気を引く

こうした状況に絶望した道綱母は、この頃から頻繁に生きるつらさや死の願望、出家への憧れを『蜻蛉日記』に書きつけるようになる。

そしてあるとき、兼家に宛てた出家をちらつかせる言づてを息子の道綱に託し、嗚滝籠りと称して屋敷から出奔してしまったのである。行き先は、般若寺であった。

これを知った兼家は、説得の使者を般若寺に送り、さらに彼女の父・倫寧までも遣わした。そして、最終的に自身が現地へ出かけ、強引に道綱母を寺から引き戻したのである。

妻が出家したとあっては、さすがに兼家も外聞が悪いから、彼女の自尊心が満足するかたちで騒動をうまく収めたのだろう。

もちろん、これは道綱母の狙いでもあったはず。最初から出家するつもりなど、さらさらなかったのだと思う。本当に出家したいなら、兼家に黙って剃髪してしまえば済む話だ。そもそも鳴滝籠りすること自体を伝えていることがおかしい。

かまってほしいという甘え心に加え、自分が権力者の兼家にどれだけ大事にされているかということを人びとに見せつける戦略だったような気がする。兼家の寵妃としてちやほやされた栄光の過去が忘れられなかったのかもしれない。そういう意味では、道綱母は、かなり面倒くさい女である。

さらに翌年、彼女はスゴいことを思いつく。夫の兼家が別の愛人（宰相兼忠女）に生ませた娘を、実母と交渉して養女にしたのである。女児なので、この子が天皇に輿入れすれば、兼家の権力はさらに増長する。きっと、自分に振り向いてくれるかもしれないという道綱母の計算が働いていたように思える。

だが、そのもくろみはうまくいかず、翌年、三十八歳になった道綱母は広幡中川のほとりに移住する。これ以後、兼家との関係は絶えたようで、日記も翌年で途切れている。現代でいえば離婚が成立したのである。天延元年（九七三）のことであった。

歌人としての才能で息子を助ける

この頃、兼家は兄の兼通と激しい政治闘争を続けていた。官位をめぐって争い、互いに憎悪し続けていたのだ。持ち前の政治力を活かして兼家のほうが官位で兄を圧倒していくが、兼通は策を弄して先に関白に就任してしまう。だが、貞元二年（九七七）十月、兼通は病にかかり、明日をも知れぬ命となる。そんな重病に喘ぐ兼通の耳に意外な知らせが届いた。弟の兼家が自分の屋敷に向かっているというのだ。

「さては、長年の恨みを水に流し、自分を見舞いに来てくれるのか」

そう喜んだ兼通は、家来に命じてもてなしの準備をさせた。

ところが兼家は、なんと兼通邸を素通りし、内裏に入ったのである。

兼通はすぐに事態を飲み込んだ。病に侵された自分が死んだ後、代わって関白にしてくれと天皇に頼みにいったのだ。激怒した兼通は、なんと病をおして、部下にささえられながら内裏に参内し、「ただいまから、最後の除目《じもく》（人事）を行います」と天皇に奏上して、従兄弟の頼忠を関白とし、兼家の右大将職の地位を剝奪して左遷してしまったのである。こうして、弟への恨みを晴らした兼通は、それから一カ月後、安心してこの世を去った。それにしても、すさまじい執念だ。

しかしまもなく兼家は復権し、寛和二年（九八六）に摂政となり、さらに太政大臣にのぼって朝廷を支配することになった。

この時期の道綱母は、歌合わせに参加するなど歌人としての才能を発揮するとともに、息子・道綱を溺愛し、歌を代作するなどして、息子の出世に大いに期待をかけたようだ。

執着の対象が夫から息子に変わったわけだ。

やがて時姫が没し、正暦元年（九九〇）には兼家が死去する。それを道綱母がどのような思いで見送ったかは記録がないのでわからない。ただ、その翌年には、息子の道綱が関白となった長兄・通隆のもとで公卿にのぼった。そうした状況を見届けたうえで、長徳元年（九九五）五月、道綱母は六十歳の生涯を閉じたといわれている。

受け継がれなかった文学的才能

さて、その後の道綱だが、政権を握っていた仲の良かった異母弟・道長のもとで、中納言、大納言と順調に出世していったが、これ以後、なんと二十年以上も昇進できなくなってしまう。そこで道綱は、道長に対し「摂関家の年長者である私がずっと出世できないのは一族の恥であろう。数カ月でよいから、左大臣にしてくれないか」と頼み込んだという。これに対して右大臣の藤原実資《さねすけ》は、「教養もなく学問にも通じていない人間を、世間が左大臣と認めるはずはないだろう」と日記で小馬鹿にしている。

どうも道綱は、母のような文学的才能は受け継がなかったようだ。また、父のように、兄と対決してまでも権力を握ろうとする政治的野心もなく、弟の道長の庇護下に甘んじて世を送ったのである。ただし、女性関係だけは大変華やかで、父の兼家に匹敵するほどの愛人を各地につくっていた。もし道綱母がこれを知っていたら、いったいどう思っただろうか。

藤《ふじ》原《わら》道《みち》長《なが》

どんな人?

内覧、摂政、太政大臣と、昇進を重ねる。さらに自分の娘を入内させ、栄華を築いた。

代表作

『御堂関白記《みどうかんぱくき》』

⇒道長が30歳から書き始めた日記。33歳から56歳までの記事が現存する。『入道殿御日記』や『御堂御日記』などと呼ばれていたが、江戸時代以降は関白になっていないのに『御堂関白記』と呼ばれるようになった。

生誕 康保3年(966)

死去 万寿4年(1027)/享年62歳

父親 藤原兼家

母親 藤原中正の娘・時姫

妻 源雅信の娘・倫子(鷹司殿)、源高明の娘・明子(高松殿)

子 (倫子との子)頼通、教通、彰子/一条天皇中宮、妍子/三条天皇中宮、威子/後一条天皇中宮、嬉子/東宮敦良親王妃、(明子との子)頼宗、顕信、能信、長家、寛子/小一条院女御、尊子/源師房室、(源重光の娘との子)長信、猶子に源成信、藤原兼経など

仕事予想(もし、現代に生きていたら?)

政治家・社長

幸運児の誕生

いうまでもなく藤原道長は、摂関政治の全盛期を築いた人物である。

よく勘違いされるのだが、摂関政治というのは、藤原氏が天皇を補佐する摂政や関白の地位に就いて権力をふるうわけではない。大事なのは摂関職に就くことではなく、天皇の外戚（母方の親戚）になることなのだ。

これは、当時の結婚制度が大きく関与している。平安時代、天皇や貴族の子供たちは、母方の屋敷で育てられた。父親は子供と一緒に暮らさず、自分の屋敷からときおり妻子のもとへ通ってくるケースが多い。ちなみに男が住んでいる屋敷は、自分が生まれた家。つまり、母方の屋敷である。そんなわけで、子供たちは同居する母方の親族の男たちと親しく接するため、影響力を行使できたのである。ただ、平安中期になると、正妻の家に夫が同居して別の妻や女のもとに通うことが増えてくる。とはいえ、母が息子（天皇）に与える影響は変わらず大きく、外戚の力も大きかった。

つまり摂関政治は、自分の娘や姉妹を天皇の后・妃とし、その女性が産んだ男児を即位させて外戚となり、権力をにぎる仕組みになっている。まあ、どうにか娘や姉妹を天皇に入内させたとして、二人の間に男児が生まれるかどうかは完全に「運」である。運が強くないと、政治のトップにはなれないのだ。

そういった意味では、藤原道長は幸運児といえた。

まずは娘の彰子《しょうし》を一条天皇の中宮とし、さらに妍子《けんし》を三条天皇の中宮に、そして次に彰子が産んだ子（後一条天皇）に威子《いし》を立后させたからである。一家三后を実現するというのは、前代未聞のことだった。

道長は藤原兼家の五男として生まれた。兄が多くいたので、外戚として政権をになう可能性は薄かったが、野心家だった彼は、結婚によって活路を開こうと左大臣・源雅信の娘・倫子《りんし》に思い切って結婚を申し込んだ。

しかし雅信は、倫子を天皇の后にしようと考えていたので良い顔をしなかった。

これを説得したのが倫子の母・穆子《ぼくし》であった。彼女は道長を見て将来有望だと直感したらしい。かくして道長は左大臣の娘を妻にできたわけだが、もし穆子の後援がなければ、その未来は変わっていたであろう。倫子との間に長女の彰子が誕生すると、道長は倫子の住む屋敷（土御門第《つちみかどてい》）に移り、同居したようだ。倫子はその後、長男・頼通、次女・妍子、次男・教通《のりみち》、三女・威子、四女・嬉子《きし》を産んだ。

倫子と結婚した翌年、さらに道長は二人目の妻をもらう。故・左大臣源高明《たかあきら》の娘・

明子《めいし》である。当時、貴族が二人の妻を持つことは不実ではない。明子は父亡きあと、円融天皇の女御である詮子《せんし》に養育されていた。詮子は、道長の実姉にあたる。しかも一条天皇の生母として朝廷内に隠然たる力を持っていた。先述のとおり、平安中期に結婚制度は変化したが、天皇の生母の力が大きく、これと結びついた外戚が力を持つのは変わらなかった。つまり道長は明子と結婚することで、姉・詮子の引き立てをねらったのだ。同じことを考えて明子に求婚する男は少なくなかったが、最終的に明子を射止めたのは道長だった。これは、詮子が弟の道長をいたく気に入っていたからである。このように道長は、なぜか年上の女性に気に入られ、その引き立てによって栄達していった。

なお、明子との間にも頼宗《よりむね》、顕信《あきのぶ》、能信《よしのぶ》、寛子《かんし》、尊子《そんし》、長家《ながいえ》の四男二女が誕生している。道長は子福者であった。

尋常じゃない度胸

そんな道長の最大のライバルが藤原伊周《これちか》であった。道長の長兄・道隆と才女として知られる高階貴子《たかしなのきし》の嫡男として生まれた、道長の八歳年下の甥だった。

正暦元年（九九〇）、道隆は摂政に就いて三十八歳で権力をにぎると、女御として一条天皇のもとに入内していた長女の定子《ていし》（伊周の実妹）を強引に中宮とした。さらに同年、伊周はわずか十七歳で蔵人頭（天皇の秘書官長）に就き、翌年には参議（国家の閣僚）となり、さらに翌年、権大納言にのぼった。このように道隆は、近親者を高位高官にすえることで、己の権力を不動のものとするつもりだった。

伊周は、六歳年下の一条天皇にも兄のように慕われ、漢学を進講するなど親しく接した。つまり妹の定子を通じて直接天皇とのきずなを深めたのである。ただ、儀礼などを自己流に解釈して改変したり、間違いを認めぬ頑固さが目立ったりして、密かに公卿（現在の閣僚）たちからひんしゅくを買っていた。とはいえ、道隆政権のもとで面と向かってその御曹司・伊周を批判できる者はいなかった。

けれど、道長はどうも違ったようだ。『大鏡』（道長の栄華や権勢を中心に描いた歴史物語）には次のような逸話が載っている。

伊周が道隆の屋敷で人びとを集めて弓の競射をおこなったさい、道長が突然会場に姿を見せた。道隆は弟の飛び入り参加を大いに喜び、伊周より先に道長に弓を射させてやった。結果、的を射貫いた数は伊周より道長のほうが多かった。

すると、参加者たちは伊周に花を持たせてやりたいと考え、「あと二度ほど勝負したらどうか」と提案したのである。

道長は内心ムッとしたが、あえてこれを受け入れた。ただ、矢を射るさい、「我が家から天皇や后が出るなら、この矢よ、当たれ！」といい放ったのだ。しかもその矢は、見事に的の真ん中に突き立った。

これを目にした伊周は動揺し、射た矢はあらぬ方向に飛んでいってしまった。しかし道長が続いて「私が摂政や関白になるというなら、この矢、当たれ」と矢を放つと、これまた的が破れるような勢いで真ん中を射貫いたのである。

興ざめした道隆は、伊周に向かって「もう射るな、射るな」と制止し、座は一気にしらけてしまったという。この逸話が史実かどうかはわからないが、本当なら道長は大した度胸の持主だといえる。

道長の出世

正暦五年（九九四）、前年に関白に就いていた道隆が重病に陥った。回復の見込みがないと思った道隆は、息子の伊周、隆家（伊周の実弟）、道頼（伊周の異母兄）らを昇進させる人事をおこなった。伊周はこのおり、三人の公卿をごぼう抜きにして二十一歳で左・右大臣に次ぐ内大臣となった。追い越された一人が権大納言の道長だった。もちろん道長は、内心面白くなかったろう。

さらに道隆は一条天皇に「関白の私が病の間は、内大臣の伊周に内覧（天皇に奉る諸文書を先に見る権限）を許し、政務を委ねてほしい」と依願し、天皇の了解を得たのである。

長徳元年（九九五）四月、道隆は四十三歳で没してしまう。死因は糖尿病だったとされるが、臨終のさい道隆は、我が子・伊周に関白の職を与えるよう天皇に依願したが、認められなかった。諦められなかったのだろう、伊周自身も自分を関白にしてくれるよう天皇に迫った。

一条天皇はまだ十六歳だったが、この強引さに気分を害したのか、結局、伊周の叔父である道兼（道長の実兄）に関白の職を与えた。

しかし、その道兼は半月もしないうちに疱瘡《ほうそう》（天然痘）で亡くなってしまったのだ。じつは前年からこの感染症が猛威をふるっており、道兼を含め、主だった公卿十四人のうち八人が死去するという異常事態になっていた。

こうした中、道隆から道兼へと兄弟順で関白が継承されたことから、にわかに脚光を浴びたのが二人の弟・道長であった。結局、道長は関白にならなかったものの、内覧を許され、さらに右大臣となって伊周を凌駕《りょうが》した。

この人事を一条天皇に強く働きかけたのは、天皇の母・詮子だった。前述のとおり道長をいたく気に入っていた詮子は、息子の寝所に押しかけてまで道長を抜擢するよう迫ったという。

伊周の左遷

この人事に腹を立てた伊周は同年七月、周囲が驚くほど道長と激しい口論をしている。憤懣《ふんまん》やる方ない伊周は、気持ちも荒廃してしまったようで、翌長徳二年（九九六）にとんでもない事件を引き起こした。

伊周は藤原為光《ためみつ》の娘・三の君のもとへ通っていたが、花山法皇も同じ屋敷に通っていることを知る。「さては三の君を奪うつもりか」と激怒し、弟の隆家に命じて法皇が為光の屋敷から出てきたところに矢を射かけさせたのだ。矢は法皇の袖に当たったそうだ。隆家の従者が法皇の童子二人を殺し、首を持ち去ったともいう。

ただ、これは伊周の早とちりだった。法皇の相手は三の君ではなく、同じ屋敷に住む四の君だったのである。法皇は恥になるのでこの出来事を黙っていたが、噂が広まって事件は表沙汰になった。さらに伊周が道長を呪詛していたのが判明したという。その真偽は明らかではないが、伊周は公卿会議で九州の大宰府に左遷されることになった。これを長徳の変と呼ぶ。彼は妹・定子のもとに逃げこんだり、逃亡したりと醜態をさらしたあげく、ようやく観念して大宰府に向かったものの、早くも翌年には恩情で都に戻ることを許された。定子は事件を恥じて出家したが、一条天皇は彼女を呼び戻し、二人の間には一男二女が誕生した。しかしながら、権力争いから完全に脱落した伊周が外戚として力を振るうことはなかった。もし事件が起こっていなければ、伊周が道長をしのいだ可能性は十分あったろう。

日記は仕事マニュアル

道長は、内覧となって権力を握った長徳元年（九九五）から日記を書き始めている。日本人が日記を書くようになったのは、これより約百年前の九世紀の終わり頃だとされる。もちろん庶民は文字を書けないから、日記を記したのは貴族たちであった。

現代では、通常、日記は自分のためにに書くものであって、特殊な例を除いて公開することを前提にしていない。しかし平安貴族の日記は、他人の目を意識して書かれており、なおかつ、貴族どうしで売り買いされるほど、価値の高いものだった。『土佐日記』や『更級日記』のような日記文学は別として、貴族の日記は暦本に書かれた。暦本というのは、陰陽寮という役所にいる暦博士（学者）が作成し、日の善し悪しや吉凶を判断するための情報が具《つぶさ》に記されているため、これを具注暦と呼び、一年間で二巻セット（半年に一巻）となっていた。

この具注暦には、日ごとに空白部分（間空《まあ》き）があり、そこに貴族たちはその日の出来事や、年中行事や儀式の内容、手順や作法を細かく記すのが一般的だった。個人的な思いや感情を日記に書き付けることは少なかった。書ききれないときは、別の日や裏に書き付けた。日記は、任官され仕事を本格的に始めた頃に書き始め、引退と同時に書かなくなるのがふつうだった。そういった意味では、日記は現役時代に書くものだったのだ。

貴族の日記は、親から子へ家宝として伝えられ、子供は父祖の日記を参考にして学び、当日の儀式や行事に臨んだ。今でいう、仕事のマニュアル本といえよう。このため日記を切り貼りして儀式書にしたり、特定の事項に関する記述を抜き出して別の本をつくったりする場合もあった。

いずれにせよ、平安貴族の日記は価値があるものだったので、多くの人に書写されたり、写本や実物が売り買いされる場合もあった。

世界最古の自筆日記

道長の日記は『御堂関白記』と呼ばれる。ただ、これは江戸時代になって広く流布した名称であって、道長が自分の日記に名前をつけたわけではない。死後、その名が定着するまでは、さまざまな名称で呼ばれてきた。

ちなみに『御堂関白記』の「御堂」とは、自身の建てた法成寺に住んで御堂殿と呼ばれたことに由来する。なお、「関白」は道長が関白になって摂関政治の全盛期を築いたからだろうと思うかもしれない。しかし道長は摂政にはなったものの、一度も関白に就いたことはない。摂関政治というイメージから後年、勘違いされたのだ。

日記は、朝廷のトップに立った三十歳から二十五年以上書き続けたものである。ただ、当初は記述もまばらだったが、完全に権力を握った「寛弘年間に入ってくると詳細になり、寛弘・長和・寛仁年間の記述が最もくわしい」（山中裕著『人物叢書　新装版　藤原道長』吉川弘文館）という。

現在、自筆本十四巻、古写本十二巻、抄出本が現存し、いずれも国宝である。研究者の倉本一宏氏は、「『御堂関白記』の最大の特色は、何といっても記主本人の記録した自筆本が残っているという点にある。当然のことながら世界最古の自筆日記」、「世界的に見ても、ヨーロッパはもちろん、中国や朝鮮においても、古い時代の日記は残されていない」、「いかに『御堂関白記』の自筆本が貴重な史料であるかが理解されよう」（倉本一宏著『藤原道長の日常生活』講談社現代新書）と高く評価している。そう、意外に知られていないが、道長は世界最古の自筆の日記を残しているのである。

その内容だが、「寛弘元年（一〇〇四）には、今まで見られなかった儀式の記述が見え始め、二年になるとそれらの記述がいちじるしく多くなり、また外戚の臣としての道長家の発展および内覧・左大臣としての政務に関する記述もだんだんと多くなってくるのである。と同時に儀式についての記述が、非常に多くなってくる」（山中裕著『人物叢書　新装版　藤原道長』吉川弘文館）という。

そういった意味では、典型的な平安貴族の日記といえよう。

ただ、他の日記と異なる特色も見られる。それは、家族についての記事が多いことである。山中氏は「道長は、源倫子とよほど仲のよい夫婦であったのであろう。妻のことをとくに詳しく書いている。妻の行動をこれほど詳しく書く公卿の日記は少ない」（前掲書）とし、さらに「（子供たちの）行動を大変詳細に叙述している」（前掲書）と述べている。

そして、「こみ上げてくる道長の喜びの深さなど、公卿の日記としては珍しい記述が見られ、まるで女流日記と思わせるような感激の叙述をしているところも存する」、「道長の政治家としての人間性、彼の思想、感情などが大変よく表れているのは、他の日記には見られないところなのである」（前掲書）と論じる。

日記からわかる道長の性格

こうした異例な書き方を分析した倉本一宏氏は、「道長は自己の日記を、後世に伝えるべき先例としてではなく、自分自身のための備志録（とくに賜禄や出席者）として認識していた」、「この点、記主の存生時から貴族社会の共有財産として認識されていた『小右記』や『権記』など一般的な古記録とは、決定的に異なる」（倉本一宏著

『藤原道長の日常生活』講談社現代新書）と評している。

倉本氏はまた、道長の日記からその性格を分析している。とても感激屋でよく泣き、素直な性格で「自分の行為に対して素直に自讃したり、またその場の雰囲気に合わせて冗談（興言）を言ったりすることが多い」（前掲書）。「たいそう怒りっぽい人でもあった」（前掲書）が、一方で「非常に気弱な人でもあった。側近の行成に弱音を吐いたり、自身の日記に愚痴を記したりすることもしばしば」（前掲書）だという。

一方、山中裕氏は、日記には誤字・脱字が多く、少々荒っぽい書き方も少なくないとする。道長が、おおざっぱな性格だったことがわかる。

ともあれ、日記を書き始めた年、道長は内覧の宣旨を受け、さらに右大臣に就任すると同時に藤原氏（北家、摂関家）の当主（氏長者）となった。翌年には先述のとおり伊周が自滅してくれ、同年、道長はさらに左大臣にのぼった。が、一条天皇は出家した定子を愛し続け、再び手元に置いたので彼女は女児を出産し、長保元年（九九九）に再び懐妊した。この年、道長は長女の彰子を入内させ、翌年には中宮とした。ただ、それまで中宮であった定子は皇后となり、一人の天皇に后が二人いる異常な状態といえた。道長の強引さがわかる。とはいえ、このとき彰子はまだ十三歳だったので、すぐに男児をもうけるのは難しかった。一方、定子は皇子（敦康親王《あつやすしんのう》）を出産していた。敦康は一条天皇の第一皇子である。さらに彰子が立后した年に定子は三度めの妊娠をした。いかに一条が定子を愛していたかがわかるが、道長も焦りを覚えたはずだ。だが、定子はこの年の十二月に女児を産むと、翌日に亡くなってしまった。二十五歳であった。

彰子は寛弘四年（一〇〇七）にようやく妊娠した。道長はこの年に彰子が懐妊することを願って金峯山に参詣し、経筒を埋納している。この事実を知ると、「参詣した効験が現れた」と涙を浮かべて喜んだという。しかも翌年九月に生まれた子供は、念願の男児（敦成《あつひら》親王）であった。

その翌年、彰子は第二子の敦良《あつなが》親王を出産したのである。なお同年、伊周の近親者らが、敦成親王を呪詛したことが発覚、伊周も出仕するのを止められた。これが大きなストレスになったのか、翌年、三十七歳で伊周は死去した。

翌寛弘八年（一〇一一）、一条天皇が病にかかり、重篤になった。そこで東宮（皇太子）で冷泉天皇の第二皇子である居貞《おきさだ（いやさだ）》親王（一条天皇の従兄）が帝位に就くことになった。三条天皇である。

譲位のさい一条天皇と彰子は、敦康親王（十三歳）を東宮にすることを強く望んだ。敦康は定子の産んだ子だが、彰子は定子亡き後、彼をずっと養育してきたからだ。それに彰子の長男・敦成はまだ四歳だった。しかし道長は強引に敦成を東宮にしたのである。このため彰子は父を深く恨み、関係は悪化した。ただ、やはり道長としては孫の敦成を即位させて外戚として政権を安泰にしたかったのだ。

傲慢な歌

さて、新帝である三条天皇と道長の確執はよく知られている。三条の母は道長の実姉・超子《ちょうし》だったが、遥か以前に死去していた。道長は三条の東宮時代に次女の妍子を彼のもとに入内させており、即位にともない妍子は女御となり、やがて中宮となった。ところが三条は、一条天皇の二后並立の例をあげ、寵愛する娍子《せいし》（大納言・藤原済時の娘）を強引に皇后にしたのだ。これにより道長との仲は険悪になり、三条の眼病が悪化すると道長は出仕をやめたり、譲位を求めたりなど圧力をかけた。三条はこれを拒んだが、公卿たちも道長に同調、このため愛する娍子が産んだ第一皇子の敦明《あつあきら》親王を東宮にすることを条件に、ついに譲位した。これにより長和五年（一〇一六）、道長の孫である敦成親王が即位して後一条天皇が誕生したのである。道長、五一歳のときのことである。天皇の外祖父となった道長はこの年、摂政に就いている。

後一条天皇のもとには三女の威子が入内、まもなく中宮となった。そこで寛仁二年（一〇一八）十月十六日、盛大に祝宴が催された。道長は席上で右大将の藤原実資《さねすけ》を招き寄せ「和歌を詠もうと思う。返歌してほしい」と頼んだ。実資が応じると、道長は「自慢した内容だが、前々から考えていた歌ではない」といいながら、

「この世をば　我が世とぞ思ふ　望月の　欠けたることも　なしと思へば」

と詠んだ。そう、俗に「望月の歌」と呼ばれる有名な和歌だ。

「この世は、私のためにあるようだ。満月がまったく欠けていないように、私の人生も完全無欠だ」という自信にあふれた傲慢な内容だ。

実資は「素晴らしい歌です。とても返歌することはできません。皆でこの歌を吟じることにしましょう」と世辞を言った。

道長の出家

一家三后を実現させ、道長が権力の絶頂に達したのは、五十三歳のことだった。す

でに家督や摂政の地位は息子の頼通に譲っていたが、朝廷での実権は握り続けていた。

しかし、道長の人生は暗転していく。この年の夏、道長は胸痛を覚え、あまりの苦しさに悲鳴をあげた。人びとは藤原延子《えんし》の呪詛ではないかと噂した。延子は藤原顕光の娘で、その夫は敦明親王（小一条院）である。敦明親王は後一条天皇の東宮だったが、孫の敦良親王を皇位に就けたい道長が敦明に圧力をかけたので、やむなく彼は東宮の地位を降りた。代って敦良が東宮についた。

すでに敦明と延子の間には二皇子があり、敦明が帝になれば顕光が外戚として実権をにぎる可能性があった。けれどこの措置によって、その可能性は消えた。

ただ、道長は敦明親王と、娘の寛子を結婚させた。敦明をあわれに思ったのだろう。すると敦明は寛子を寵愛するようになった。それを恨んだ延子が道長を呪詛しても不思議はなかった。

胸痛で伏せていた道長は、顕光が見舞いに来たさいに会おうとしなかったことから、どうやら道長もこの病は顕光・延子親子の呪詛によるものと信じていたようだ。

寛仁三年（一〇一九）正月、道長はまたも胸痛を覚え、その後も頻繁に発作に襲われ、二月三日には参内したさい前後不覚の状態に陥った。翌日も体調は思わしくなく、麦粥を食している。さらに六日になると、近くにいる人の顔もよく見えなくなった。驚いて陰陽師や医師に相談したところ、「魚肉を食べるとよい」とすすめられた。

じつは道長は数カ月間、肉絶ちをしていたが、症状が悪化すると困るので食べるようになった。お陰で目は良くなったようだが、胸痛はひどくなる一方で、三月十四日には、今度は膝痛で参内できないほどになった。

すると三月二十一日、道長はにわかに出家してしまう。驚いた一族や公卿たちが道長のもとに集まってきた。後日、藤原実資は剃髪した道長を見て、「容顔、老僧のごとし」（『小右記』）と記している。それほど憔悴してしまっていたのだ。

突然の出家は、死を自覚して後生のためにおこなったという説もあるが、まもなく政務に復帰しているので、まだ権力を手放すつもりはなかったようだ。むしろ、仏教の力で祟りや怨霊から逃れ、健康を回復しようとしたのだろう。

道長は自邸の隣に広大な寺院（無量寿院、後の法成寺）をつくり始め、翌寛仁四年（一〇二〇）三月に落成供養がおこなわれると、この寺に移り住んだ。法力で悪霊を防ごうとしたのかもしれない。じつは前年四月、延子が亡くなっていたのである。

道長の絶命

治安元年(一〇二一)五月、道長を憎悪し続けた顕光が七十八歳で亡くなった。

この年、二十五年以上断続的に記されていた道長の日記(『御堂関白記』)が終わる。最後の日記は、九月の五日間しか記されていない。しかもその文章は、念仏を唱えた数を淡々と書いているだけだ。この頃から神仏にすがる生活を送るようになっていたのだ。九月一日に十一万遍、二日に十五万遍、三日に十四万遍、四日に十三万遍、五日に十七万遍。この時期、道長がひたすら念仏を唱え続けていたことがわかる。道長五十六歳。

万寿二年(一〇二五)七月、敦明親王と結婚した娘の寛子が没した。食物を受け付けなくなり、衰弱死したのだ。拒食症の可能性がある。『栄花物語』によれば、寛子が臨終のさい、成仏するために髪を切ると、「今ぞ胸あく」という顕光と延子の声がしたそうだ。「ああ、胸がスッとした」という意味だ。寛子の死は二人のたたりだったというわけだ。

さらに不幸は続き、それから一月《ひとつき》後の八月、十九歳の嬉子が死んでしまった。嬉子は東宮の敦良親王(後の後朱雀天皇)と結婚し、臨月を迎えたが、不運にも赤斑瘡《あかもがさ》

（はしか）にかかってしまう。道長は無事の出産を祈って加持祈禱をおこなった。ひどい難産だったが、嬉子は男児（後の後冷泉天皇）を出産した。道長は喜んだが、このとき嬉子は「ひどく気持ちが悪く、がまんできません」と体調不良を訴え、以後、みるみる衰弱してしまう。道長は御帳の中に入って嬉子を抱きしめて励まし続けた。

しかし出産から二日後（八月五日）、嬉子は息を引き取ってしまった。道長は泣き続け、あの世にいかぬよう、魂を呼び返す秘法もおこなった。九日には嬉子が生き返った夢を見ている。十五日の葬送では人の肩を借りなければ歩けないほどになり、その声も聞き取れないほどか細くなってしまった。

道長は人びとの反対を押し切って加持祈禱をしたことを後悔し、あれほど信仰していた仏教を激しく恨んだ。「自分は隠棲する」と告げるなど、気持ちも折れてしまったようだ。その年の十一月、道長は嬉子のために三昧堂を建てて銀の仏像を安置し、彼女の冥福を祈った。

二年後の五月、今度は息子の顕信が急死し、さらに九月には皇太后の妍子が三十四歳で亡くなってしまう。妍子の死に顔を見た道長は、「嘘だろう！　ああ」と叫び、「仏様はなんとひどい仕打ちをするのか。今まで生きながらえた結果、こんな辛い目に遭うなんて」と泣き続けた。

同年十一月、すっかり心身が衰弱した道長は、発症して危篤に陥ってしまう。

朝廷は、その平癒を祈って罪人を大赦し、諸社寺に加持祈禱をおこなわせたが、病状は快方へ向かわなかった。下痢が続き、背中に大きな腫れ物ができ、食事がとれなくなったのだ。

十一月二十六日、後一条天皇が法成寺の阿弥陀堂に移った道長のもとを訪れている。道長にとっては孫である。道長は脇息によりかかっていたが、もはや回復の見込みがないのは明らかであった。そんな祖父に会い、後一条天皇は涙を流したという。道長は言った。

「これまで多くの人びとが歴代の天皇を補佐して参りましたが、私ほどいろいろなことをさせてもらえた者はおりません。そのうえあなたに行幸していただけるとは」と感謝した。続いて娘の彰子や威子が訪れたが、惨めな姿を見せたくなかったのか、対面を許さなかった。

この前後から体が震えるようになった。背中の腫れ物の毒が体に回り、首が自由にならないためだと診断され、十二月二日に治療のため背中の腫れ物に針を入れた。血と膿《うみ》が少々出ただけで、あまりの痛さに道長は叫び声をあげた。おできというより、癌（腫瘍）だと思われる。治療がまずかったのか、以後、言語不明瞭になり、やがて、意識が混濁した。

これより前、道長の妻・倫子は、夫の魂をこの世に戻そうと招魂祭を執行したが、もはや生存の可能性がないことは誰の目にも明らかだった。

親族たちも命は風前の灯火だと判断、境内の阿弥陀堂の九体の阿弥陀仏の手からのばした糸をしっかり握らせた。

こうして読経が続けられる中、十二月三日に道長は息絶えた。

ところが数時間後、道長は再び動く気配を見せたのである。しかし四日午前四時ごろ、今度は本当に絶命した。ただ、しばらくの間、上半身は体温を保っていたという。

享年六十二歳であった。

清少納言《せいしょうなごん》

どんな人？

随筆家、歌人、中古歌仙三十六人の一人。一条天皇の中宮（後に皇后）・定子に出仕して清少納言の称を得る。本名は不詳。

代表作

❶『枕草子』　❷『清少納言集』

⇒❶女房としての視点で書かれた著。宮中などの日常が書かれており、当時の様子を知ることができる。❷清少納言の家集。過去の栄光を恋しく思い、老いてしまったこと嘆く描写などは、晩年の清少納言を思わせる。

生誕　康保3年（966）ごろ※諸説あり

死去　治安元年（1021）～万寿2年（1025）／享年60歳ごろ※諸説あり

父親　清原元輔

母親　不詳

夫　橘則光、藤原棟世（再婚）

子　（橘則光との子）橘則長、季通※諸説あり、（藤原棟世との子）小馬命婦など

仕事予想（もし、現代に生きていたら？）

エッセイスト・検察官・マナー講師

観察力が鋭い文章

「春は、あけぼの。やうやう白くなりゆく山ぎは、少し明かりて、紫だちたる雲の、細くたなびきたる」

この一文を読んで、きっと多くのみなさんが中高生時代を思い出すのではないだろうか。おそらく四十代以上の方々は、国語や古典の授業でこの文章を暗誦させられたはず。そう、これは清少納言が書いた『枕草子』の第一段の冒頭部分だ。

この第一段は、春の次に夏、さらに秋、冬へと続いていく。

「夏は、夜。月の頃は、さらなり。闇もなほ。蛍の多く飛び違ひたる、また、ただ一つ二つなど、ほのかにうち光りて行くも、をかし。雨など降るも、をかし。

秋は、夕暮。夕日のさして、山の端いと近うなりたるに、烏の寝どころへ行くとて、三つ四つ、二つ三つなど、飛び急ぐさへ、あはれなり。まいて雁などの列《つら》ねたるが、いと小さく見ゆるはいとをかし。日入り果てて、風の音、虫の音など、はたいふべきにあらず。

冬は、つとめて。雪の降りたるは、いふべきにもあらず。霜のいと白きも。また、さらでもいと寒きに、火など急ぎ熾《おこ》して、炭もて渡るも、いとつきづきし。昼になりて、温く緩びもていけば、火桶の火も、白き灰がちになりて、わろし」

私は、昔から記憶力だけには自信があり、中学校での『枕草子』第一段の暗誦テストを楽々パスした覚えがあるが、文章の内容まで深く考えなかった。今回、あらためて読んでみると、清少納言という作者の自然に対する観察眼や感性の鋭さにほとほと感心した。私なりに第一段を現代風に訳してみたので、お読みいただきたい。

「春は、やっぱり夜明けがいい。だんだんと周りが白くなり、山の上の空が少しだけ明るくなって、ちょっと紫に染まった雲が細くたなびいているのが最高。

夏は夜がいいね。夜空に月があるときは当然だけど、闇夜もいいと思う。暗闇の中で多くの蛍が乱れ飛んだり、一匹か二匹だけがほのかに光を発している様もとても素敵。また、雨の夜もなかなか趣があって良いと思う。

秋は夕暮が好き。夕日が差して山の端に近づいて見えるとき、烏が寝所へ帰ろうと、三つ四つ、二つ三つと、急いで飛んで行く様に心が動かされてしまう。雁が遠くで列になって小さく見えるのも優雅な感じがする。日が沈んでから聞こえる風の音や虫の音も風情がある。

冬は早朝が好き。雪が降る日だけじゃなく、霜が真っ白に降りている朝も格別ね。

でも、そうでなくても、めちゃくちゃ寒い朝に急いで火をおこし、炭を運んでいくのも、なかなかおつなもの。でも、昼になって寒さが緩み、火桶の中が白い灰ばかりになるのを見ると、興ざめしてしまう」

三つに分類される読み物

『枕草子』という作品は、日ごろ感じたことを綴った、今でいうと随筆のような読み物だといわれることが多いが、それは、半分正解で半分正しくない。

枕草子の内容は、大きく三つに分類される。「春はあけぼの」にあるように、自然や日常など、さまざまな随想や評論、つまり随筆的章段が一つ。

二つめは、宮仕え時代のことを日記風に記した文章、日記（回想）的章段である。

そして、三つめが類聚章段《るいじゅ》だ。こちらは少々わかりづらいので、簡単に補足しよう。

類聚とは、同じ種類の事柄を集めるという意味である。『枕草子』には、同じようなものを集め、それらを巧みに短評して読者をうならせる章を多く設けている。これが類聚章段と呼ばれるものだ。その内容は、とくに千年後の現代人も大いに共感できるものが多く、だからこそ『枕草子』はずっと読み継がれてきたのだと評される。

たとえば、「うつくしきもの（かわいらしいもの）」として清少納言は、いくつも自分がかわいいと思う事柄を列記していく。「すずめの子が、ねずみの鳴きまねをすると、踊るように近づいてくること」や「親鳥がひよこを連れて歩いている様子」などをあげており、現代の私たちの感覚とさほど変わりない。さらにいくつか紹介してみよう。

「ありがたきもの（めったにないもの）」と題して、「舅に褒められる婿。姑に思われる嫁。主人をそしらない従者。異性や同性に関係なく、とても親しくなった者どうしが最後までずっと仲が良いこと」と記す。ユニークな視点であり、しかも私たちも得心できるものになっている。

続いては「はしたなきもの（きまりや体裁が悪いもの）」。

「他の人を呼んでいるのに、自分のことだと思い込んで出ていってしまったとき。人の悪口を言っているとき、それを子供が聞いていて、本人の前でしゃべってしまうとき。悲しい話を聞いて、心からかわいそうだと思っているのに、なぜか涙が出てこないのはばつが悪い。逆にめでたいことを聞いているのに、なぜか涙があふれてしまうとき」

「わかる。わかる」という声が聞こえてきそうだ。さらにもう一つ。

「ただ過ぎに過ぐるもの（どんどん過ぎてしまうもの）」は、「帆を上げた舟。人の年齢。春、夏、秋、冬」を上げている。

うまく集めたものだし、よく考えついたと感心する。

では、『枕草子』の作者・清少納言とは、いったいどんな女性なのだろうか。

清少納言という人物

彼女は千年ぐらい前に活躍した女房だ。女房とは、朝廷や貴族に仕える比較的身分の高い女性のことで、清少納言の主人は、一条天皇の中宮（後に皇后）・定子である。中宮付きの女房（宮の女房）は、その世話や話し相手をしたり、男性貴族との仲介や口入れ役をになったり、さらに教育係でもあったといわれている。

当時は、摂関政治の全盛期。前述のように、藤原（北家）一族の男たちは、姉妹や娘を天皇の妻にし、外戚（母方の親戚）として力をふるおうとした。そこで天皇に気に入ってもらえるよう、一族の女性に優秀な女房をつけ、教養を学ばせたのだ。

清少納言は、清原元輔の娘として生まれた。元輔は「受領」という現地に赴く国司の長官（守）として周防や肥後に赴任している。ちょっと語弊はあるが、わかりやすくいえば、今の都道府県知事のような仕事だ。朝廷から地方へ派遣されて民政をになうが、とくに定められた税をきちんと国庫に納入するのが、受領に期待された最大の役目だった。余得は自分の懐に入れることができたので、中・下級貴族の職だが比較的裕福だったとされる。ただ、清原家は経済的に苦しかったという説もある。

清少納言の生年ははっきりしないが、康保三年（九六六）説が有力である。母の身分は低かったようで、一切記録には残っていない。一方父の元輔は下級貴族ながら、歌人として名がとどろいていた。清少納言の曾祖父・深養父も『古今和歌集』など勅撰集に多くの和歌が載録されている。

「夏の夜は　まだ宵ながら　明けぬるを　雲のいづこに　月宿るらむ」

という和歌は、藤原定家が撰したとされる「小倉百人一首」にも載録されているので、ご存じの方も多いだろう。

そんな深養父の孫である元輔は、祖父の才能を受け継いだのかもしれない。彼も藤原公任の撰した三十六歌仙の一人とされ、歴代の勅撰集に百以上の歌が載録されている。さらに百人一首にも、

「契りきな　かたみに袖を　しぼりつつ　末の松山　波越さじとは」

という歌が選ばれている。

そんな歌人・元輔だが、賀茂祭の使いとして一条大路を馬に乗って通過中、馬がつまずいて転落してしまう。その拍子に冠がすっぽ抜け、はげ頭があらわになり、しかも夕日に照らされて輝いたのだ。当時、人前で冠を取るというのは、パンツを脱ぐのと同じくらい恥ずかしい行為だった。だからこれを見た人びとはゲラゲラ笑った。すると元輔は、同じように冠が取れてしまった昔の事例をいくつもあげつつ人びとに説教を始めたという。あえて人びとを笑わせたのだろう。ユーモアのセンスがあり、なおかつ、瞬時に過去の事例をあげるほど教養が深く機知に富んでいたのだ。後述するが、この資質が清少納言に伝わったのは間違いないと思う。

清少納言には兄姉がおり、「確認出来るものは、雅楽頭為成・大宰少監致信・花山院殿上法師戒秀、藤原理能（『蜻蛉日記』の作者の兄にあたる）の妻の四名である」（岸上慎二著『人物叢書　新装版　清少納言』吉川弘文館）。また岸上氏は、清少納言は元輔のもっとも晩年の子供であるらしいとし、五十九歳の時の出生であると推測している（前掲書）。だとするときっと父に愛されて育ったに違いない。

結婚は十六、十七歳の頃といわれ、相手は一歳年上の橘則光《たちばなののりみつ》であった。則光は、花山天皇（後の法皇）の乳母子だった関係から院司（直属の職員）をつとめていたとされる。翌年、二人の間には息子（則長）が生まれている。さらに季通という次男が生まれたという説があるが、結婚生活のほうは十年ぐらいでピリオドを打った。離婚原因は、性格の不一致の可能性が高い気がする。

『今昔物語集』によれば、則光は兵の家に生まれたわけではないが、豪胆で体が強く、見目も良かった。夜中に盗賊三人に襲われたさい、これを斬り殺し、左衛門尉《さえもんのじょう》と検非違使《けびいし》に叙されている。左衛門尉とは宮廷の門を守る武人。検非違使は都の治安を守る、今でいう警察官である。

一方、清少納言は知的で漢籍（中国の学問）の教養が深く、頭の回転が速くて相手の問いかけにすぐにユーモアや気の利いた言葉を返し、その場にぴったりな見事な言葉を語ったり歌を詠み上げたりした。このように体育会系の則光と文化系の清少納言とでは、話が合わなかったかもしれない。

あるとき清少納言が宮中を離れてしばらく里に引っ込んでいたことがある。このおり、藤原斉信が則光に彼女の居場所をしつこく尋ねてきた。

この斉信という人は、清少納言ととても親しい関係にあった。といってもプラトニックな関係であり、互いに教養の深さに惹かれあい、性別を超えて交際していたとされる。則光は斉信に仕えていたこともあり、たびたび彼から元妻の居場所を聞かれた。そこでとうとう「斉信に教えてよいか」という手紙を清少納言に送ったのである。

対して清少納言は、ワカメの切れ端を包んで送りつけた。以前、則光がワカメをほおばって斉信への返事をごまかしたと聞いたので「今回も私の居場所は教えないでほしい」とユーモアを交えて伝えたつもりだった。

ところが則光は、「変なものを包んで送ってくるなよ。何かの間違いか」とまったく理解してくれない。そこで今度は、それを説明する歌を書いて差し出したら、「そんな歌なんか見ない」と腹を立てて逃げていってしまったという。

こんな文学的センスのない男だったので、清少納言は愛想を尽かしたのだろう。

とはいえ、離婚後も二人は仲良しだった。清少納言の出仕後、則光は宮中で清少納言を「妹」と呼び、周囲にその才女ぶりを自慢し、ときおり彼女を訪ねてきている。清少納言も則光を「せうと（兄の意味）」と称していたようだ。

正暦四年（九九三）あたりに、独り身となった清少納言は宮仕えを始めた。時に二十八歳ぐらいである。ちょうど主人・藤原定子の実父である道隆が関白に就いた年であり、権力の頂点を極めたことで娘に優れた女房をつけようと、清少納言を含めて才女たちを増員したのかもしれない。

周知のように清少納言は、本名ではない。女房名といって、朝廷や貴人に仕えるときにつける仮の名だ。清少納言の「清」は父方の清原氏の一字をとったもの。少納言は朝廷の職名だ。通常は父や夫の職にちなむことが多いのだが、彼女の周りには少納言の官職を持つ人はいないので、これに関しては、兄弟に少納言に任官した人物がいたのだなど、諸説がある。江戸時代の書物で、「諾子」が本名だとする記録もあるが、信憑性に欠ける。残念ながら、彼女を含めて当時の女性名はほとんど記録に残っていないのだ。

物怖じせず、頭角を現す

さて、いよいよ宮中に入った清少納言だが、当初は宮廷生活に圧倒されて借りてきた猫のようにおとなしかった。

「宮に初めて参りたる頃、ものの恥づかしきことの数知らず、涙も落ちぬべければ、夜々参りて、三尺の御几帳の後ろにさぶらふ」

と『枕草子』にあるように、宮仕えを始めた頃、恥ずかしいことばかりで涙がこぼれそうなので、毎夜、定子の前に参上しても几帳の後ろに隠れていいのだ。この時代、貴族の女性は人前で顔を見せるものではないとされ、几帳や扇子で隠しているのが常だった。

だが、宮仕えをするからにはそういうわけにもいかず、定子をはじめ女房たちの前で顔をさらし、時には用事でやって来る定子の親族や男性貴族たちにも顔を見られてしまう。これは、清少納言にとってかなりショックだったようだ。

とはいえ、自分で憧れて入った世界であった。まだ十分再婚ができる年齢だったし、独身だとしても実家や兄姉の世話になって生きる方法もあった。でも彼女は、自分の可能性というものを試してみたかったようなのだ。『枕草子』には、こんなことが書かれている。

「将来に何の望みもなく、家庭に入ってひたすらまじめに生き、偽物の幸せを生きる。そんな人生を送る女を私は軽蔑する。やはり、高い身分の娘は、しばらく宮仕えをさせ、世間の有様をしっかり見聞させるべきだと思う。中には宮仕えする女はよくないと悪口をいう男がいるけど、本当に憎たらしい」

当初、清少納言は先輩の女房たちが物怖じせずに定子やその親族と談笑する様子を憧憬の目をもって眺めていたが、しばらく経つと宮中での仕事にも慣れていき、やがて、二十人ほどいる定子の女房衆の中で頭角を現していった。

とくに宮中で彼女を有名にしたのは、よく知られている「香炉峰の雪」の逸話だろう。

雪がたいそう降り積もっている日、清少納言ら女房たちは格子（雨戸）をおろしたまま、炭櫃（火鉢）に火をおこして雑談をしていた。すると、急に定子が「清少納言よ、香炉峰の雪はどんなであろうかの」と語りかけてきたのだ。

そこで清少納言はとっさに女官に命じて格子を上げさせ、御簾を巻き上げたのである。中唐の白居易（白楽天）の詩に「香炉峰雪撥簾看（香炉峰の雪は簾《すだれ》を撥《かか》げて看《み》る）」という一節がある。定子がこれに言及しているのだと気づいたので、すぐさま清少納言は御簾を巻き上げたというわけだ。

このように、漢籍や和歌の教養が深く、しかも定子や男性貴族たちの問いかけにアレンジを加えたり、機知をきかせたりして応えるので、定子の父の道隆や兄の伊周にも気に入られるようになっていった。

オンリーワンではなく、ナンバーワン

だが、同じく宮仕えをした紫式部は、清少納言が知識をひけらかすことが面白くなかったようで、「大したことがないのに利口ぶっている」と悪口を言っている。しかし紫式部が宮仕えした時期にはもう清少納言は引退しており、宮中で二人が顔を合わせる機会はなかったといわれている。

ちなみに清少納言の栄達は、生来の負けん気の強さも関係しているように思える。あるとき、清少納言が柱にもたれかかって女房たちと雑談していると、いきなり定子が紙を投げてよこした。それを開けてみると、

「思ふべしや、否や。人、第一ならずはいかに（あなたのことを愛してあげようか。でも一番じゃなければだめですか）」と書いてある。

じつはかつて清少納言は、

「すべて、人に一に思はれずは、何にかはせむ。ただいみじう、なかなか憎まれ、あしうせられてあらむ。二、三にては、死ぬともあらじ。一にてを、あらむ（すべて人

から一番だと思われなければ嫌だし、意味がない。一番になれないのなら、みんなから憎まれたほうがいい。二番や三番になるくらいなら死んだほうがまし。とにかく一番でいたい)」

などといっていた。どうやらこのように、清少納言が日ごろから「オンリーワンではなくナンバーワンになりたい」と豪語していたのを定子がからかったらしい。

そんな強気な女性だったから、紫式部も嫌悪感を覚えたのかもしれない。

宮仕えからわずか半年後、関白・道隆が建立した寺の供養が盛大になされた。このとき中宮・定子も列席し、清少納言ら女房たちも参列した。清少納言は、定子の側近女房である中納言の君と宰相の君と同座しており、一番ではなかったが、短期間に特別な扱いを受けるようになったことがわかる。

執筆の動機

この翌年、清少納言の宮仕えは暗い影を帯びていく。長徳元年(九九五)、関白の道隆が四十三歳で病気で亡くなってしまったのである。道隆は跡継ぎの伊周を何とか関白にしたいと考え、伊周自身も一条天皇に自薦したが、まだ二十代前半だったこともあり、道隆の死後、その弟の道兼が関白に就いてしまった。ところが前述のとおり、道兼は半月もしないうちに感染症で死んでしまう。前年から病が広まり、主だった公卿（現在の閣僚）十四人のうち八人が感染死していた。

道兼の死後は、道隆の弟・道長（伊周の叔父）が右大臣に昇進、伊周を差し置いて氏長者（藤原氏の当主）となった。納得できない伊周は大いに反発し、二人は激しい口論をするなど対立した。その後伊周が、花山法皇と揉め、弟の隆家に命じて法皇に矢を射かける事件を起こし自滅したことはすでに述べた。結果、伊周は左遷され、定子も出家を余儀なくされた。

この大変な時期、清少納言はどうしていたかというと、じつは里に引きこもってしまったのだ。彼女は道長一派ではないかと疑われ、定子のもとを離れざるを得ない状況になっていたらしい。

『枕草子』を本格的に書き始めたのはこの時期ではないかといわれている。これ以前、兄の伊周から大量の紙（草子）をもらった定子が、清少納言に「あなたにあげましょう」と下賜してくれたのが執筆動機になったようだ。

落ちぶれた老後

「この草子、目に見え心に思ふ事を、人やは見むとすると思ひて、つれづれなる里居のほどに書き集めたる」

と閑居している間に、自分が見たことや思ったことを、自由に書き連ねたのだという。だが、源経房が清少納言のところを訪れたさい、この草子を見つけてそのまま持ち帰り、人の目に触れるようになった。かくして『枕草子』は、貴族の間で大変な評判となり、清少納言の名を知らぬ者はいないほどになったのである。

しばらく里に引っ込んでいた清少納言だったが、誤解が解けたようで、再び定子に呼び戻された。

一条天皇は定子を心底愛しており、出家した彼女を還俗（僧の資格をはく奪して俗人に戻す）させて寵愛し、娘が誕生、さらに皇子（敦康親王）が生まれた。だが、長保二年（一〇〇〇）に次女を出産した翌日、定子は二十五歳の若さで死去してしまった。

清少納言の宮仕えもここで終わったといわれる。仕えたのはおよそ七年であった。その後は三十代のときに七十歳を超えた藤原棟世と再婚し、娘（小馬命婦《こまのみょうぶ》）を産んだが、まもなく棟世は亡くなり、晩年は兄の致信と同居していたという。

しかし致信が寛仁元年（一〇一七）に争いに巻き込まれて殺されてしまい、その後は各地をさまよう落ちぶれた生活を送ったと鎌倉時代の書物などに記されている。だが、それほど豊かな老後ではなかったかもしれないが、まだ子供たちが健在だったので落魄したというのは、単なる伝承に過ぎないようだ。死去は万寿二年（一〇二五）頃とするのが有力である。

いずれにせよ、華やかな宮廷生活は二年程度に過ぎず、あとは定子一族が落ちぶれていく時期であったが、研究者が口をそろえて述べているように『枕草子』には、そうした悲壮さや悲しみはまったく感じられない。極めて明るい希望に満ちた、にやりと笑みがこぼれるような話が多い。ぜひ一度みなさんも全編を読破してみると良いかも知れない。

紫《むらさき》式《しき》部《ぶ》

学者であった父の蔵書を読み漁った才女

どんな人?

物語作家、歌人。一条天皇の中宮・彰子(藤原道長の長女)に仕える。本名は不詳。

代表作

❶『源氏物語』　❷『紫式部日記』

⇒❶54帖(巻)ある長編物語。平安貴族の宮廷生活における恋愛模様を描いた物語。❷中宮・彰子の出産や宮中での日々が綴られている。

生誕	天延元年(973)前後※諸説あり
死去	不詳
父親	藤原為時
母親	藤原為信の娘
夫	藤原宣孝
子	賢子

仕事予想(もし、現代に生きていたら?)

脚本家・家庭教師

長編小説の最高峰

『源氏物語』は、平安貴族の宮廷生活における恋愛模様を描いた小説で、今から千年以上前に成立したとされる。全五十四帖（巻）の文字数はおよそ百万字、四百字詰の原稿用紙に換算すると、なんと約二千四百枚にもおよぶ。

物語は「光源氏の誕生から栄華まで」、「光源氏の不幸な晩年」、「薫（表向きは光源氏の子）と孫の匂宮の話」の三部構成となっている。七十年余にもわたる壮大なお話で、登場人物はなんと四百人を超えるそうだ。その内容も秀逸で、我が国が生んだ長編小説の最高傑作と高く評価されてきた。

まずは『源氏物語』の冒頭（「第一帖　桐壺」）を紹介しよう。

「いづれの御時にか、女御、更衣あまた侍ひ給ひける中に、いとやむごとなき際にはあらぬが、すぐれて時めき給ふありけり。初めより我はと思ひ上がり給へる御方々、めざましきものにおとしめそねみ給ふ。同じほど、それより下臈《げらふ》の更衣たちは、まして安からず。朝夕の宮仕へにつけても、人の心をのみ動かし、恨みを負ふつもりにやありけむ、いとあつしくなりゆき、もの心細げに里がちなるを、いよいよ飽かずあはれなるものに思ほして、人のそしりをもえはばからせ給はず、世の例《ためし》にもなりぬべき御もてなしなり」

中高生時代に学校で習うはずなので、記憶にある方も多いだろう。

簡単に原文を意訳してみよう。

「多くの女御や更衣が仕えている中で、それほど身分は高くないが、天皇からたいへん寵愛を受けている女性がいた。このため、天皇の寵を得たいと思っている他の妃たちからひどく嫉妬され、いじめられた。そのストレスからか病気がちになり、里帰りすることが多くなったが、それでも天皇は彼女を愛し、特別に遇し続けた」

天皇（桐壺帝）に深く愛されたこの女性こそが、光源氏の生母・桐壺更衣である。ただ、彼女は光源氏が三歳のときに亡くなってしまう。やがて父帝は、桐壺更衣にそっくりな藤壺を女御として迎え、寵愛するようになる。だが光源氏も、母にそっくりな藤壺に惹かれ、強い恋心を抱くようになってしまう。

「光る君」と呼ばれ、イケメンに成長した光源氏は、多くの女性と恋愛を重ねつつも、藤壺への思いを断ちきれず、なんと彼女と情を通じてしまうのだ。父の女御なのに！しかも不倫の結果、藤壺は光源氏の子を身ごもり、男児を出産する。その不貞に桐壺帝はまったく気がつかず、やがてその男児が東宮（皇太子）となり、十一歳で即位して冷泉帝となってしまうのだ。

『源氏物語』とは、ビックリするくらいの昼メロ的なドロドロな話なのである。この後もスゴい内容が続いていくが、これ以上、『源氏物語』の内容を書き続けると、ページがなくなるので、とりあえずはこれくらいにして、作者・紫式部の紹介に移っていこう。

宮中の陰湿な職場環境

冒頭で述べたように、『源氏物語』は天皇の後宮におけるいじめの描写から始まる。じつはこれ、紫式部の実体験だったと思われる。

紫式部は、一条天皇の中宮・藤原彰子の女房として三十代前半に宮仕えを始めたとされる。彰子は、摂関政治の全盛期を築いた藤原道長の長女である。すでに道長や清少納言の項で、摂関政治の仕組みや女房については詳述したので、繰り返し書くことはしないが、紫式部に期待されたのは彰子に教養をつけること、つまり教育係としての役割だったと思われる。

ただ、彰子の女房は二十人ほどいたが、出身階層は一様ではなかった。

「道長・倫子夫妻が集めてきた女房集団は寛弘五年（一〇〇八）敦成親王（後一条）誕生時に役をつとめた讃岐宰相君（藤原豊子、道長兄藤原道綱女）、大納言君（源廉子、倫子兄弟源扶義女）、小少将君（倫子兄弟源時通女）など、ともに倫子の従姉妹で『やんごとなき』公卿（現在の閣僚）クラスの娘や、紫式部や同年代の和泉式部など評価の高い作家や歌人、さらにそれより若い世代だが数代続く和歌の名門で文学界の重鎮、大中臣輔親を親に持つ伊勢大輔など」（服藤早苗・高松百香編著『藤原道長を創った女たち〈望月の世〉を読み直す』明石書店）だという。

とあるように、彰子の女房集団は、道長・倫子の親戚を含む公卿クラスの娘（上臈《じょうろう》女房）と紫式部のような中・下級貴族の才女が混在していたうえ、さらに年齢層も幅広かったのだ。

とくに紫式部は、道長の招きで彰子に仕えたという経緯があったため、当初から上臈女房たちに鼻持ちならない女だと思われ、女房たちは新入りの紫式部を無視した。これに閉口した紫式部が、仲良くしてくれるよう歌を送ったが、彼女たちからは返事すら来なかった。このためメンタルを病んだ紫式部は実家へ戻り、そのまま五カ月間も出仕できなくなってしまった。

こんな話もある。彰子が初産を終えて実家から宮中へ戻るさい、これに付き従った紫式部は、馬の中将という上臈女房と同じ牛車になった。すると彼女は、「わろき人と乗りたり（嫌なヤツと乗ることになった）」と不快感をあらわにしたのだ。

また、あるとき一条天皇が『源氏物語』を女房たちに朗読させていたが、急に冗談で「これを書いた人は、私に日本書紀（日本紀）を読んでくれないかな。講義できるだけの教養がありそうだ」といった。すると、これを聞いていた左衛門の内侍（天皇付きの女房）が殿上人たちにそれをいいふらしたので、紫式部は「日本紀の御局（女房）」というあだ名をつけられてしまったのだ。この左衛門の内侍は、紫式部を目の敵にし、あることないこと陰口をいいふらす女であり、紫式部自身もうんざりしていたと『紫式部日記』で告白している。

何とも陰湿な職場である。そもそも宮仕えなど、まともな貴族の女性がする仕事ではないと思われていた。それに関しては、清少納言の項で触れたので繰り返さないが、どうして紫式部は、この世界に飛び込んだのだろうか。

そのあたりの事情について、生い立ちも含めて簡単に述べていこう。

受け継がれた才能

紫式部は、藤原為時の娘として生まれた。母親は藤原為信の娘である。為時も為信も受領層で、現地に赴いて国司の長官をつとめる中・下級貴族の家柄であった。

紫式部の確かな生年はわからないが、天延元年（九七三）前後というのが有力だ。幼い頃に母を亡くし、尊敬していた姉も二十代半ばに病死したとされる。つまり、紫式部は父子家庭で育ったわけだ。弟（兄説あり）には惟規がいる。為時は、跡継ぎである惟規に漢学を教えたが、側で聞いていた紫式部のほうがすらすらと覚えてしまうので、「この子が跡継ぎだったら」とたいへん残念がったという。

もともと紫式部の家柄は、父方も母方も公卿にのぼる家系だった。たとえば紫式部の父方の曾祖父である藤原定方は従二位・右大臣、同じく曾祖父の藤原兼輔は従三位・権中納言となっている。母方の曾祖父・藤原文範も従二位・中納言だった。しかし、祖父の代になると、受領層に落ちてしまうのである。

ちなみに家系をみると、紫式部の文学的な才能には血縁者からの影響も関係しているように思う。曾祖父の定方は和歌に秀で『古今和歌集』や『小倉百人一首』にもその歌が載録されているし、もう一人の曾祖父の兼輔に至っては三十六歌仙の一人である。父方の祖父・雅正（兼輔の子）も有名な歌人として勅撰集にその和歌が載録されているし、父の為時は若い頃、文章生として菅原文時（道真の孫）に漢学を学び、漢詩の名人とされた。

幼い頃からこうした文学・学問的な雰囲気の中で育ち、紫式部は自《おの》ずと文才が育っていったのだろう。

さて、結婚が早かった当時にあって理由は不明だが、紫式部は二十代になっても結婚せず、父の為時が長徳二年（九九六）に越前守として現地へ赴任したさいには同行している。ただ、京が恋しかったようで、近くの日野山の杉に雪が深く積もっているのを目にし、「ここにかく　日野の杉むら　埋む雪　小塩の松に　今日やまがえる」と京の小塩山の松の雪を懐しんで詠んだ歌が『紫式部集』に載録されている。

悲しみを晴らすために執筆する

出京から二年後、紫式部は藤原宣孝《のぶたか》から手紙で求婚され、長徳四年（九九八）にいそいそと京に戻っている。もちろん宣孝とは在京中から知り合いだったのだろうが、なぜ夫婦になったのかはよくわかっていない。宣孝は、筑前守や大宰少弐などをつとめる受領層で紫式部と家格は釣り合っていた。が、すでに四十代半ばで、他の女性との間にできた二十代半ばの息子もいた。ずいぶんと年の差婚であった。

結婚生活は長くは続かなかった。結婚の翌年、紫式部は娘の賢子《かたいこ》を産んだが、しばらくすると夫の宣孝が病死してしまい、結婚生活は三年弱で終止符を打ってしまったのだ。

『紫式部日記』によれば、それから彼女は家の中で鬱々とした日々を送っていたようだ。現代語訳で紹介しよう。

「面白くもなんともない自分の家の庭をつくづく眺め入って自分の心は重い圧迫を感じた。宮仕に出る前の自分は淋しい徒然の多い日をここで送っていた。苦しい死別を経験した後の自分は、花の美しさも鳥の声も目や耳に入らないで、ただ春秋をそれと見せる空の雲、月、霜、雪などによって、ああこの時候になったかと知るだけであった。どこまでこの心持が続くのであろう、自分の行末はどうなるのであろうと思うとやるせない気にもなるのであった」

紫式部の気持ちがよくにじみ出ている訳文だが、じつはこれ、『みだれ髪』で有名な近代の歌人・与謝野晶子が訳した文章（与謝野晶子訳『与謝野晶子訳　紫式部日記・和泉式部日記』角川ソフィア文庫）なのだ。晶子は『紫式部日記』だけでなく『源氏物語』も全訳しており、紫式部の生き方に共感を覚え、作品を愛していたようだ。

通説では、この時期に紫式部は、悲しみや憂さを晴らすため、『源氏物語』を書き始めたとされる。そして先述のとおり、その内容がすばらしいという噂を聞きつけた藤原道長が、紫式部を招いて娘の彰子に仕えさせることにしたといわれている。それは、彼女が三十三、四歳の寛弘二、三年（一〇〇五、六）ごろのことらしい。

日記は公的な記録

周知のように紫式部という名は本名ではない。紫式部の「紫」は、『源氏物語』に登場する「紫の上」からきているようだ。「式部」というのは、父の為時が式部省の役人「式部丞」だったので、その官職（役職）名からとられたものだ。

さて、ここでたびたび登場している『紫式部日記』に触れておこう。

紫式部は、寛弘五年（一〇〇八）秋から寛弘七年（一〇一〇）正月までのことを回顧録の形にまとめている。これがいわゆる『紫式部日記』だ。ただ、その内容は、本人の備忘録や儀式の手順といったことを記した男性貴族の日記とは異なり、女房として仕えた彰子が長男を出産したさいのことが詳しく書かれている。

そういった性格から、おそらく藤原道長が公的な記録を残すよう紫式部に要請したのではないかと考えられている。しかし、単なる記録ではなく、紫式部独特の観察眼や心情なども書かれている。さらに不思議なのは、彰子の長男の誕生録の間に、紫式部が誰かに宛てた消息文（手紙）が挿入されたり、年次不明の雑録が入り込んだりしている点である。

とくに消息文のほうは、親しい知人に宛てたものだとか、娘の賢子に書いたものだなど、諸説ある。賢子が同じく彰子の女房として宮仕えをしているので、愛娘のために宮中の様子をこまごま教えてやった手紙ではないかと、私は考えている。

賢子は紫式部に似て大変な才女であり、後世、三十六歌仙の一人に選ばれている。親仁親王（彰子の妹・嬉子の子でのちの後冷泉天皇）の乳母となり、親仁親王が即位すると従三位の位階を与えられた。

ともあれ、この『紫式部日記』があるお陰で、私たちはこの女性が『源氏物語』の作者であることを知ることができるのである。もう少しいえば、それがわかる記述が出てくるのだ。

盗まれた『源氏物語』

紫式部が宮仕えを始めて二、三年後、彰子は一条天皇の子を出産した。入内から九年後のことであった。入内したのは彰子が十二歳のときだったから、数年間は子ができなくて当然だったが、その後二十歳過ぎまで子に恵まれなかったのは、一条天皇が亡き皇后・定子を忘れることができず、他の女性を愛せなくなっていたからだという説がある。

事実、定子が次女を産んですぐに亡くなってしまってから、彰子以外の三人の女御との間にも、一条天皇は子をもうけていない。

道長は娘の彰子が子宝に恵まれるよう、寛弘四年（一〇〇七）に金峯山に参詣している。その甲斐あって翌年、彰子は念願の男児（敦成親王）を出産したのだ。

彰子は実家（土御門第）で出産したが、紫式部ら女房たちも里帰りに同行した。いよいよお産が近づくと、安産のためにさまざまな読経や加持祈禱などがおこなわれたが、大声でそうした儀式などへの指示を出していたのは道長自身だった。娘の出産にテンションがあがっていることがわかる。当時、出産は今の時代以上に命がけだった。難産や産後の肥立ちが悪く、定子のように亡くなる女性も多かったからだ。だから万が一のさい成仏できるよう、形式的に出家することが多い。彰子の場合も少しだけ髪の毛を削いでその体裁をとった。

これを見た紫式部は「くれまどひたる心地に、こはいかなることとあさましう悲しきに」と、心配のあまり悲嘆に暮れたことを日記に書き付けている。実際、かなりの難産だったが、彰子は無事に出産した。だが、産婦はくたくたになっているのに、出産直後から毎日のようにさまざまな祝い事や儀式が立て続けに執りおこなわれた。これでは産婦は、たまらないだろう。紫式部も彰子が憔悴している様子を描写している。

一方、道長は男児が誕生して外戚になれるということで、大はしゃぎである。昼も夜も関係なく赤子がいる部屋にやってきては、乳母の懐から孫を抱き取ってしまう。夜中や明け方にもくるので、寝ていた乳母が仰天することもしばしばだった。あるときなど赤子が道長の衣におしっこをひっかけたが、それでも道長は嬉しそうに衣を脱ぎ、几帳の後ろで衣をあぶって乾かすよう女房に命じたという。親馬鹿ならぬ孫馬鹿である。

生後五十日のお祝いも無事に済み、いよいよ彰子が内裏に戻る日が近づいてくる。女房たちがその準備に明け暮れていた頃、彰子が紫式部に「おまえには、御冊子

（本）づくりを手伝ってもらいたい」と言ってきたのである。じつは一条天皇へのお土産として素晴らしい紙や墨を用いた豪華な物語本をつくろうというのだ。その物語というのはもちろん、『源氏物語』だった。原本は、なんと道長が紫式部の部屋から盗んだものだった。

じつは紫式部は、自宅から『源氏物語』の草稿を持ってきて部屋（局《つぼね》）に隠し置いていた。推敲《すいこう》や校正した原稿は人に貸したり、失くしたりしたが、草稿だけは大切に保管していたのだ。ところが、である。道長が紫式部の留守中に勝手に部屋に入り込んで、その草稿を持ち出して次女の妍子にあげてしまったのである。プライバシーもなにもあったものではない。

今回の製本は、この最初の原稿がもとになっているので、「拙い作品だと人にそしられるのではないか」とヒヤヒヤしながら紫式部は製本にたずさわった。

馬鹿なフリをする

このように紫式部は、悲観的で他人からの評判ばかり気にする繊細なタイプだった。かつていじめられたトラウマもあったせいか、宮中では、なるべく目立たないようにしていた。とくに当時、女性に漢学の素養があるのは、「日本紀の御局」と陰口をたたかれたことでわかるとおり、生意気ではしたないとされ、非難の的になった。このため、驚くべきことだが、紫式部は「一」の字も書けない、屏風の漢詩も読めないといった、馬鹿なフリをし続けてきたのだ。漢文に興味を持った彰子から白楽天の「新楽府」のレクチャーを頼まれたさいも、他の女房たちに悟られないよう、こっそり二人だけで講義した。露見したらすぐに悪口をいわれるからだ。もちろん『源氏物語』を読めば教養の深さはすぐにわかるわけだが、それでも紫式部は、決して人前では知識をひけらかさず、謙遜し続ける態度を守った。

そんな彼女とは、正反対の人物が清少納言だった。明るく積極的、堂々として強気で、自分の教養を隠そうとしなかった。清少納言は皇后・定子の女房だったので、紫式部が宮中でまみえることはなかったと思うが、清少納言の項で少し触れたように、紫式部は清少納言を『紫式部日記』で次のように批判している。

「それにつけても清少納言ときたら、得意顔でとんでもない人だったようでございますね。あそこまで利巧ぶって漢字を書き散らしていますけれど、その学識の程度ときたら、よく見ればまだまだ足りない点だらけです。

彼女のように、人との違い、つまり個性ばかりに奔《はし》りたがる人は、やがて必ず見劣りし、行く末はただ「変」というだけになってしまうものです。例えば風流という点ですと、それを気取り切った人は、人と違っていようとするあまり、寒々しくて風流とはほど遠いような折にまでも「ああ」と感動し「素敵」とときめく事を見逃さず拾い集めます。でもそうこうするうち自然に現実とのギャップが広がって、傍目からは『そんなはずはない』『上っ面だけの嘘』と見えるものになるでしょう。その「上っ面だけの嘘」になってしまった人の成れの果ては、どうして良いものでございましょう」（山本淳子編『紫式部日記　ビギナーズ・クラシックス　日本の古典』角川ソフィア文庫）

かなり手厳しい批判であり、筆誅といえるようなこき下ろしようだ。教養をひたすら隠して宮仕えしている紫式部にとっては、平然と教養をひけらかし、なおかつ、いまだ宮中で評判が高い清少納言が憎々しく思えたのだろう。ただ、そんな批判の中に、「本当は私もあなたのように他人を気にせず、自分をさらけ出してみたい」という羨望の気持ちが見え隠れしているような気がしなくもない。

紫式部と道長の関係

『源氏物語』の主人公・光源氏のモデルは、諸説あって確定していないが、有力な一人が藤原道長である。道長の項で述べたように、道長には倫子と明子という二人の妻がいるが、権力者ということもあって、それ以外にも多くの女性と性愛関係を結んでいた。しかも年上の女性に愛されており、光源氏の恋愛遍歴に似ている。

そんな道長が、紫式部にもいい寄ったという説がある。

『紫式部日記』にある話だが、あるとき道長が彰子のところにやって来て、置かれていた『源氏物語』を手にとり、側に控える紫式部に向かって「こんな物語を書くあなたは、相当な好き者だと評判だよ。あなたの部屋の前を素通りする男はいないでしょう」という戯れ歌を詠んだ。対して紫式部は、即興で「私はまだ男性を知らないのに、誰が私を好き者といっているのかしら。怪しからぬことです」という意味の返歌をした。経産婦なのによくいうが、このすぐ後に、次のような文章が載っているのだ。

「ある夜、部屋の戸をたたく人がいる。私は恐ろしさに息を潜め、じっと夜が明けるのを待った。すると早朝に『夜もすがら水鶏《くひな》よりけになくなくぞ真木の戸口に叩きわびつる（水鶏は夜通し、戸を叩くような声で鳴くけれど、私はもっと泣きながらあなたの部屋の戸をずっと叩いていたのですよ)』という歌が届いた」

「戸を叩いた男が誰かわからないし、紫式部は部屋に男を入れなかったうえ、送られてきた歌に対し、「どうせあなたにとっては火遊びでしょうし、戸を開けたら後悔したはず」という返歌をしたとある。

ただこの話は、道長との好きな者云々のやりとりに続いて『紫式部日記』に出てくるので、戸を叩いた男は道長だという説が有力である。また、二人の間には、一夜限りの契りがあったのではないかとか、紫式部は道長の妻だったのではないかという説もある。

周知のように、平安時代の恋愛は男が女に愛を告白する歌を送ることから始まる。ただ、一度は女性が断るのがエチケットだった。やがて二度、三度と愛の歌が届き、女性がその想いを受け入れた場合、返歌を男性に届けた。もちろん男性はその夜、女性の屋敷へ入って想いを遂げるのだ。

当時は相手の容姿より、和歌のうまさが恋愛の成否に大きく関わってきた。そのため、中には自分で歌をつくらないで親族やプロの歌人に代作を頼むケースも多かったといわれる。

果たして紫式部と藤原道長が男女の関係になったかどうかは不明だが、道長が紫式部を高く買っていたのは間違いない。

紫式部の活躍

紫式部がいつ宮中から下がったのかは記録にないし、やめた理由もわかっていない。ただ、四十歳頃の長和二年（一〇一三）までは現役だったようだ。近年は寛仁三年（一〇一九）まで女房をしていたという説も登場している。

ただ、それからまもなく死去したらしい。年齢でいえば四十代後半になるはずだが、晩年、どこでどんな生活を送ったのかはまったくわかっていない。

『源氏物語』はその後も人びとに愛読され続け、約一五〇年後の十二世紀には、この物語をもとに『源氏物語絵巻』がつくられた。現在、絵巻は国宝に指定されている。しかも絵巻の第三十八帖「鈴虫」の二の絵が、西暦二〇〇〇年に発行された二千円札の裏の図柄に採用された。このお札には小さく紫式部の姿も配された。『紫式部日記絵巻』の「紫式部の局を訪《と》う斉信と実成」の絵から切り取ったものである。紫式部本人も、千年後に自分がお札の図柄になるとは思いもしなかったろう。

円《えん》仁《にん》

どんな人？

天台宗山門派の祖。壬生氏の次男として生まれる。15歳のときに比叡山に登り、最澄の門下となる。遣唐使とともに入唐し、五台山文殊菩薩の聖跡を巡礼。清和天皇より、大師号「慈覚大師《じかくだいし》」が贈られた。

代表作

❶『金剛頂経疏《こんごうちょうきょうしょ》』
❷『蘇悉地羯羅経略疏《そしつじからきょうりゃくしょ》』
❸『入唐求法巡礼行記《にっとうぐほうじゅんれいこうき》』

⇒❶❷台密教相の教学を述べた代表的な書。❸円仁が入唐したときの旅行記。

生誕 延暦13年（794）
死去 貞観6年（864）／享年71歳
父親 不詳
母親 不詳

仕事予想（もし、現代に生きていたら？）

冒険家・外交官・研究者

偉人の誕生

円仁は、平安京遷都が実施された延暦十三年（七九四）、下野国都賀郡（現・栃木市）の豪族・壬生氏の一族として生まれた。誕生したまさにその日、屋敷の上空を不思議な紫色の雲がおおったという。紫雲は奇瑞の前兆として偉人の生誕によく見られる現象だ。ちょうど托鉢《たくはつ》のために家の前を通りかかった天台宗の広智は「もしこの子が健康に育ったなら、自分の寺で預からせてほしい」と頼んだという。

円仁の父は、円仁が幼少のうちに死去したので、九歳のとき広智に引き取られ大慈寺（東国における天台宗の中心寺院）に入り、天台宗の教義を学んだ。

そんなある日、円仁の夢の中に威厳のある僧侶が現れる。挨拶をすると、高僧は円仁の頭を撫でながら優しく語りかけてきた。側にいた別の僧侶が「この高僧をどなたか知らぬのか」と円仁にいうので、「知らない」と答えると、「この方こそ、叡山大師こと最澄様だ」と述べた。そこで目が覚めた。以後、円仁は京都にいる最澄に強い思慕の念を覚えるようになった。

十五歳のとき広智に伴われ、円仁は京都と滋賀にまたがる比叡山延暦寺に登った。このとき最澄は、にこやかに円仁の前に現れ、夢と同じ光景が展開されたと伝えられる。

円仁は比叡山で修行に励むことになったが、まもなく最澄は優秀な年少者を十名選んで特別な講義を始め、膨大な量の経典や教義を学習させた。後継者の育成を図ろうとしたのだ。円仁もその一人に選ばれた。ただ、学習量が多すぎて九名が脱落し、円仁だけが残ったという説もある。最澄は円仁の将来に期待をかけるようになり、東国の布教にも円仁を伴った。

晩年の最澄の願いは、比叡山に戒壇《かいだん》の設立を許可してもらうことだった。正式な僧になるためには戒壇で戒律を受ける必要があった。比叡山で修行に励んだ者たちも、奈良の東大寺で戒律を受けなくてはならなかった。だが、受戒のために山を下りた弟子の多くは戻ってこなかった。都会の生活が良くなってしまうのだ。

最澄の悲願は生前に叶えられることはなかったが、死から七日目、朝廷に許可された。最澄の高弟である円仁は、以後、比叡山で修行者に戒律を授けるとともに、最澄の遺言に従って十二年間、比叡山から出ずに修行に励む「籠山」を始めた。

遣唐使に加わる

そんな生活を送る円仁に対し、比叡山の僧たちは「山から出て天台宗の教えを広めていただきたい」と依願するようになった。円仁もついに折れ、奈良の法隆寺や大坂の四天王寺などで法華経を講義し、東北地方で布教を展開した。

天長九年（八三二）、朝廷は円仁の功績をたたえ、「伝燈満位《でんとうまんい》」という僧の高位を与えた。だが翌年から体の不調に悩まされる。視力が衰え、疲れやすくなってしまったのだ。まだ四十歳だったが、当時としては老年。円仁は「自分の命は長くない」と悟り、比叡山の峡谷・横川《よかわ》に庵《いおり》を結び、修行しながら寿命が尽きるのを待った。しかし、お迎えは来なかった。それどころか、夢で妙薬をもらったことを機に健康を取り戻したのである。

それからまもなく円仁は、遣唐使一行に加わることになった。これは、最澄の遺志でもあった。最澄は生前、高弟の円澄（円仁の兄弟子）に「天台宗発展のため、弟子を唐へ遣わしたい」と告げていた。ところが遣唐使事業は絶えてしまった。それが三十数年ぶりに再開されることになったのだ。すると最澄が円仁の夢に現われ、「命の危険をおかしても、法のために大陸へ渡るように」と諭したという。

承和三年（八三六）七月、遣唐使と留学生たちは四隻の船に分乗して九州を出航した。当時の航海術は未熟で、遣唐使船の多くが沈没したり、漂流したりして、命を落とす者も少なくなかった。このときも暴風雨に遭って船団は散り散りになり、円仁の乗る第一船は九州の肥前国に吹き戻されてしまった。船の破損もひどかった。ただ、第三船はさらに悲惨で、船は大破し、乗組員約百四十名のうち生存者はわずか二十八名であった。

幸い、事業が中止されることはなかった。船を修復したうえで、翌々年、改めて遣唐使一行は出発することになった。ただ、前回遣唐使に参加していた真言宗の真済と真然は渡海を許されなかった。彼らが第三船に乗り組んでいたからだ。「不運な彼らが同行すると、不吉な事態を呼び寄せる」と敬遠されてしまったのだ。そういった意味で円仁は運が良かった。こうして同年、遣唐使たちは二隻で再び中国へ向った。

留学体験記

しかし航海では荒波が舷側《げんそく》を打ちつけ、船側面の鉄板はみな外れ、大陸が近づいてくると、大風に煽られて船は暴走し、そのまま浅瀬に乗り上げてしまった。舵もきかなくなり、甲板上には容赦なく波が襲いかかってきた。連続する衝撃波のため、船が真ん中から割れ始めた。仰天した乗組員は、舳先《へさき》と艫《とも》（船の後方）に分かれて避難したり、縄をかけて船体が分解せぬよう必死に支えた。

数日後の朝、船の半分が砂に埋まったので、一部の者が助けを求めるため小舟で岸へと向かった。円仁は船中に残ったが、再び船が波に揉まれて動きだし、激しく揺れ動いた。人びとは泣き叫びながら、必死に体を縄で船に結びつけて支え、船が傾くたびに今度は反対側へと走って沈没を防いだ。幸い救助の小舟がやって来たので、どうにか生きて上陸することができた。

円仁は、この留学の記録を日々書き残すことにした。そしてその日記は奇跡的に残存し、現代の私たちは『入唐求法巡礼行記』として約千二百年近く前の、日本人の中国での留学体験を知ることができるのだ。密教の経典や道具を手に入れるための円仁の苦労に加え、当時の公式記録に載らない唐の風俗などがわかる。そういった意味で極めて貴重な記録なので、私は円仁を平安時代の文豪に選んだのだ。

では、この体験記に沿って円仁の驚きの冒険を見ていこう。

円仁が上陸したのは、揚州の揚子江の河口で、遣唐使一行は水路を通って七月三日に延海村の国清寺に宿をとった。ひどい蒸し暑さとハエのように大きい蚊に悩まされた。再び船に乗って、七月二十六日に揚州府に上陸する。円仁は仲間の円載らとともに、天台山に入る許可を求める文書を遣唐大使・藤原常嗣《つねつぐ》を通じて揚州大都督府の長官・李徳裕に提出した。

円仁の目的は、亡き師・最澄が修行を積んだ天台宗の根本道場・天台山へ行き、天台の教えに関する多くの疑問点を高僧に尋ね、理解を深めることだった。

だが、李徳裕は「朝廷の許可が必要なので待て」と述べ、円仁らに開元寺に居住するよう命じた。ようやく九月半ばに「遣唐大使が直接、長安の都で皇帝に許しを得る必要がある」という返答がもたらされた。

このため、長安に赴いた遣唐大使・藤原常嗣が勅許を得ようと唐の朝廷と何度も交渉をおこなった。が、四カ月間も待たされたあげく、円仁のもとに届いた回答は「不可」だった。理由は、円仁が請益僧《しょうやくそう》だったからである。

留学僧には、請益僧と学問（留学）僧という二種類がある。すでに深い知識を得て、疑問を解決するために渡海する僧を請益僧という。対してまだ未熟で、本格的に仏教を学ぶために来た僧が学問僧。学問僧は長期の滞在が許されたが、請益僧は短期間の滞在しか認められない。遣唐使は一年程度で帰国するが、請益僧はそれと一緒に帰ることになっていた。

唐の朝廷は「請益僧は、帰国まで間がないので天台山行きは認められない」と言って寄越してきたのである。一方、学問僧であった円載は天台山行きを認められた。そこで円仁は、持参した品物や質問状、書翰などを円載に託し、翌年二月二十八日、彼が旅立つのを寂しく見送った。

諦めが悪い、不屈の精神

だが、円仁はどうしても、天台山行きを諦めることができなかった。そこで三月五日、遣唐大使・藤原常嗣のもとへ赴き、「求法遂《と》げ難きに縁《よ》り、唐国に留住すべき状」を差し出し、唐での残留を願った。

すると常嗣は「仏のためである。あえて私は止めることはせぬ。残る必要があるなら、そうすればよい。ただし、この国の政治は極めて危うい。もし役人に見つかれば、朝廷の命令に従わなかった罪に問われるゆえ、よく考えなさい」と答えた。

このように円仁の違法滞在を許すとともに、その身まで心配してくれたのである。

もし常嗣が理解のない人だったら、天台宗の歴史はおそらく変わっていただろう。

かくして円仁は、遣唐使船で密州まで下り、そこから天台山へ向かうことにした。だが遣唐使船団がルートを変更したので、海州東海山近辺で下船し、その後、新羅人の案内で宿城村に入った。村長の王良が出てきて、不審な円仁一行に筆談などで質問を投げかけてきた。円仁は「慶元という新羅の僧侶である」と偽ったが、王良は「おまえは新羅人だというが、その言葉は新羅語ではない。唐の言葉でもない。つい最近、日本の遣唐使船が風を待っていると聞いた。おまえたちはその船から逃げてきたのだろう」とその正体を見破り、役人に突き出したのである。こうして円仁らは、役人の取り調べを受けた後、近くに停泊していた遣唐使船に戻されてしまった。消沈した円仁だが、やはり残りたいという気持ちがおさえられず、再び陸に下りた。まさに不屈の精神といえた。

その後円仁は、登州赤山のふもとの赤山法華院という新羅の僧侶たちの寺院に留まることになった。この寺で円仁は、新羅の聖林という僧から天台山と並ぶ五台山という仏教の聖地があることを聞き、そこへ向かう決心をした。こうして弟子の惟正、惟暁とともに承和七年（八四〇）二月に赤山法華院から旅立ち、北二千里（約七八五四キロ）の彼方にある五台山を目指した。

二カ月後、五台山に到達したが、頂上は樹木も生えておらず、まさに五つの銅盆を伏せたような峰を持つ山だった。しかし山中には、多くの天台宗の寺院が林立していた。円仁は山を初めて遠望したとき、これまでの労苦が思い出され「覚えず涙を流した」と日記に書き留めている。以後円仁は、五台山の高僧・志遠のもとで天台宗の教えを学び、同時に必死に経典を写し、精力的に各寺院をめぐった。

天台宗の発展

こうした数カ月の生活の中で、円仁は何度も奇瑞を目撃する。あるとき、上米普通院の講堂内が五色の輝きを放っているのを見る。驚いて中へ飛び入ってみたが、すでに光は消えていた。また、ある晴れた日には、鮮やかな輝きを放つ雲が五台山上に忽然と現れ、しばらくして消えるのを数人の僧侶たちと一緒に目撃する。汾州から五台山に来て十年になる義円は「こんな奇瑞を見たのは初めてだ」と感激し、円仁と「文殊菩薩の眷属（従者）になろう」と誓いあった。五台山が昔から文殊菩薩の聖地とされていたからだ。さらに円仁は、針の穴のごとき光が急速に大きくなり、小屋ぐらいになって、姿を消す現象も目の当たりにした。

五台山の巡礼を終えた円仁は、同年八月、唐の都・長安にのぼり、役人にこれまでの経緯を話して滞在の許可を得た。そして以後は、資聖寺を拠点とした。

円仁が長安に来た最大の目的は、密教を学ぶことにあった。

前述のとおり密教を日本に本格的にもたらしたのは真言宗を興した空海だった。本当は円仁の師・最澄も密教に関心を持っていたのだが、短期留学の請益僧だったことから十分な知識を得ることができずに唐を離れなくてはならなかった。その後、空海が密教を習得して帰国すると、貴族の間で空海の開いた真言宗は爆発的な人気を獲得した。現世利益（この世で願いを叶える）の教えを説いたからだろう。

最澄も空海に近づいて習得しようとしたが、仲違いしてしまい、比叡山（天台宗）には密教の知識が十分伝わらなかった。ゆえに円仁は、真言宗より深く知識を得、多くの経典や曼荼羅、仏具などを持ち帰り、天台宗のさらなる発展を目指した。

円仁は元政という僧侶から徹底的に密教を学ぶとともに、絵師に密教に使用する絵画「金剛界大曼荼羅」を描かせることにした。こうして承和八年（八四一）二月に絵の制作にとりかかったところ、夢に師の最澄が出てきた。最澄は、曼荼羅を見て歓喜した。円仁はただちに最澄を礼拝しようとしたが、最澄がこれを制し、「私こそおまえを拝させてほしい」と言ったという。こうして目的を果たした円仁は、帰国願いを功徳使（仏教を支配・管轄する役所）に提出した。だが、なかなか許可が出ないうちに、会昌《かいしょう》の廃仏がはじまったのである。

仏教の大弾圧

会昌の廃仏とは、唐の朝廷による仏教の大弾圧のこと。承和七年（八四〇）、唐の武宗が即位する。彼は趙帰真《ちょうきしん》という道士を寵愛して道教を厚く保護し、仏教やキリスト教などを大弾圧したのである。

功徳使は僧侶の外出を禁じ、素行の悪い僧や少年僧を還俗（僧の資格をはく奪して俗人に戻す）させ、僧の財産や田畑を次々没収していった。弾圧は年々厳しさを増し、二十六万人近い僧侶が還俗させられ、寺院は破壊され、仏像や経典が燃やされた。殺害される僧も少なくなかった。弾圧の手は各地に及び、五台山にも、寺に喜捨したり巡礼する者を処罰する勅令が出された。

そうした中、円仁は還俗を命じられ、国外退去させられることになった。ただ、帰国を願っていた円仁にとってこの命令は、不幸中の幸いといえた。かくして長安から出た円仁は、途中さまざまな苦難に遭いながら、承和十二年（八四五）六月に楚州に着いた。ここから日本へ渡海しようとしたが県の役人が許さず、仕方なく揚州に行き、そこで役人を買収して楚州に戻る許可を得た。だが、楚州の役人は円仁が留まるのを許さず、その後円仁は、楚州、泗州、海州、登州など各地を転々としながら帰国のタイミングをはかり、ようやく承和十四年（八四七）九月、新羅の人びとの助力を得て赤山浦から渡海したのである。こうして九州の大宰府に着いた円仁は五十四歳、すでに九年の月日が過ぎていた。

人気者・円仁の帰国

円仁は師の最澄が持ち帰ることのできなかった密教に関する深い知識、経典、仏具類などを携え帰国。十一月になると、はるばる比叡山から愛弟子であった仲暁、慈叡、玄皎らが大宰府まで円仁に会いに来てくれた。どのような会話がなされたかは不明だが、弟子たちに再会できた円仁は感無量だったろう。

ただ、彼らと一緒に比叡山へは戻らず、帰国後、半年以上も大宰府に留まった。おそらく、無事に帰還できたことを諸寺社に感謝するため、読経を奉納する日々を送るとともに、持ち帰った経典や諸道具の整理や目録づくりに追われていたのだろう。

比叡山に戻ったのは承和十五年（八四八）三月のことであった。遣唐使船に乗る準備のため山を下りてから、十三年の月日が経っていた。円仁が帰ってきたことが伝わるや、山中の僧侶たちが集まってきて、その姿を拝して随喜の涙を流した。

僧たちの円仁人気は絶大だった。とにかく穏やかな性格で、決して他人に怒りを見せることはなかったからだ。ただ、物事に集中しやすい性質だったようで、道を歩くときもひたすら真っ直ぐに歩き、たとえ両側に人がいても一切気がつかないほどだったと伝えられる。研究者によくいるタイプだ。

帰山した円仁は、集まってきた僧侶たちに対し、唐で描かせた精巧な密教の曼荼羅を披露した。まさにそれが、長期留学の成果の象徴だったからだろう。

かつて空海と同じ遣唐使船団で唐へ渡った最澄は、前述のとおり、短期留学生だったため密教を学ぶ時間的余裕はなく、しかも空海から密教経典の貸借も断られてしまった。今回円仁は、そんな天台宗における密教の不足を補うに十分な知識や道具類を携えて戻ってきた。これで、密教分野で真言宗に対抗できるようになったのだ。

帰国後、円仁は太政大臣・藤原良房の庇護をうけるようになった。良房の娘が産んだ惟仁親王が皇太子となったので、惟仁が無事に皇位につけるよう、円仁が獲得した密教による加持祈禱の力に期待したからだろう。

不動の天台宗のトップ

仁寿四年（八五四）四月、六十一歳になった円仁は、天台座主（比叡山延暦寺の住職。天台宗のトップ）三世の地位に就いた。そしてその後も藤原良房、清和天皇（良房の孫）、皇后などに戒律や灌頂（密教の儀式）を授け、仏教界における天台宗の地位を不動のものにした。しかし、七十歳になった貞観五年（八六三）十月十八日、ひどい熱病にかかってしまう。もはや命は保ちがたいと判断した円仁は、整然と遺言を述べた。

「比叡山の山頂に僧の廟をつくってはならぬ。祖師最澄の廟（浄土院）のみを保て。私を埋葬した場所には樹木を植えてその験とせよ。後世、その場所に廟を造ってはならない」（佐伯有清著『人物叢書 新装版 円仁』古川弘文館）

こうしていよいよ入寂の準備にとりかかるが、円仁が没する直前、いくつか不可思議なことが起こった。夕刻、文殊楼の東北方面に流れ星が落下し、砕け散ったのだ。また、円仁の弟子・一道が戒壇の前を通ったところ、どこからともなく音楽が聞こえる。奇妙に思って音をたどっていくと、円仁が病臥している堂内から聞こえてきた。近くの者に音楽について尋ねたが、誰一人、それを聞いた者はいなかったという。

翌年正月十四日、円仁は手に印を結び、密教の真言を唱えつつ静かに生涯を閉じた。七十一歳であった。

金棺の発見

「閑《しずか》さや　岩にしみ入《いる》　蟬の声」

『奥の細道』に載録された松尾芭蕉の句である。この句は、山形県にある立石寺（山寺）で詠まれた。

じつはこの立石寺は、貞観二年（八六〇）に清和天皇の命令によって、円仁が開いたといわれている。そんな境内の納経堂は大きな百丈岩の上に建つが、岩下に「入定窟」と呼ばれる洞窟がある。昔からここには金の棺に入った円仁の遺体が安置されていると伝えられてきた。ただ、この場所は立ち入りが厳禁だったので、それを確かめる術はなかったが、ようやく昭和二十三年（一九四八）に調査がおこなわれることになった。

そして、まさしく窟内から金棺が発見されたのである。棺を開けてみると、何とも奇妙なものが入っていた。人間五人分の骨と、木造の頭部があったのだ。頭部（顔の長さ約二〇センチ、幅約十七センチ）は老僧の顔で、あらかじめ仰向けに寝かせるよう後頭部が扁平になっていた。伝説によれば、円仁は亡くなる前、「自分の遺体は頭部だけ比叡山に葬り、体は立石寺に安置せよ」と述べたという。そこで弟子たちがわざわざ遺体を立石寺に運び、頭部は円仁の容貌を模した木像を棺に入れたのではないかと推測される。

ただ、不思議なのは骨が五人分あることだ。しかもそのうち一人は、女性なのである。また、火葬された骨が二体、非火葬の人骨が三体と不統一だった。なお、このうち頭部のない熟年以上の非火葬骨が、円仁本人ではないかと考えられている。そのほかは円仁の弟子や親族だろうといわれているが、真相は不明である。

菅原孝標女《すがわらのたかすえのむすめ》

どんな人？

女流作家、歌人。母は『蜻蛉日記』の作者・藤原道綱母の異母妹。本名は不詳。『夜の寝覚』『浜松中納言物語』などの作者とも伝えられている。

代表作

『更科《さらしな》日記』

⇒自身の一生を回想して、日記のようにまとめている。冒頭に『源氏物語』への憧れが記されており、作者が13歳の頃からの40年間が書かれている。

生誕	寛弘5年（1008）
死去	不詳
父親	菅原孝標
母親	藤原倫寧の娘
夫	橘俊通
子	橘仲俊など

仕事予想（もし、現代に生きていたら？）

学者・教師

物語が好きすぎて、自身も作家デビュー

子供の頃、誰にでも夢中になったものの一つや二つはあるはず。けれど、大人になるとたいていは飽きたり、醒めたりしてしまうものだ。

けれど、この菅原孝標女は、他人と異なる質《たち》だったようだ。少女時代に熱をあげた「物語」というものに、成人してからも変わらずに焦がれ続けた。とくに紫式部の『源氏物語』に対する執着は尋常ではなかった。いつか光源氏やその息子・薫のような高貴な殿方（白馬の王子様）が目の前に現れ、自分を夢の世界へ連れ去ってくれると信じていた。

さらに、物語が好きが高じて、ついには自身が物語作家となってしまった。

そんな菅原孝標女について、彼女が書いた『更級日記』をもとに紹介していこう。

紫式部や清少納言同様、この人の本名はわからない。それだけではない。宮仕えしていたのに、女房名すら不明なのである。わかっているのは、菅原孝標の娘だという事実。ゆえに一般的には「菅原孝標女」と表記する。なんだかちょっと味気ないが、藤原道綱母と同様、これは仕方のないことなのだ。

紫式部の熱狂的なファン

彼女の父・菅原孝標は、菅原道真の嫡流で五世の末裔だとされる。代々学者の家柄なのである。だから孝標の父・資忠《すけただ》も、大学頭や文章博士といった学者の最高職に就いている。ところが孝標本人は、どちらにも任じられていない。いったいなぜか？

これについては、十七歳のときに父の資忠が死に、孝標には後ろ盾がなかったから出世できなかったという説や、単に凡庸で能力が足りなかったという説がある。

孝標は二十八歳のとき、天皇の秘書官である蔵人となり、翌長保三年（一〇〇一）には従五位下に叙され、貴族の仲間入りをしている。ただ、それから位階の移動や昇進は見られない。単に記録がないのか、昇進できなかったのかはわからないが、蔵人就任から十七年後の寛仁元年（一〇一七）、上総介《かずさのすけ》となった。

上総介とは、上総国の国司のことである。国司の長官は国守だが、上総国の場合は親王が国守（太守）をつとめるのが慣例であり、親王は現地に赴任しない決まりになっていた。このため、次官の上総介が任地に出向いて国衙《こくが》の役人たちを統括した。といっても、こうした現地に赴く国司は受領で、下級貴族がつとめる仕事であった。

孝標女も父の孝標に従って上総へと転居したが、このときまだ十歳であった。

彼女がどんな暮らしを送っていたかはわからないが、継母と姉が光源氏などの物語について雑談するのを耳にするうち、「どうにかして物語を読みたい」と熱望するようになった。そして等身大の薬師如来像を造り、仏像に向かって「どうか早く京都に戻り、あらんかぎりの物語を見せてください」と密かに祈念するようになったという。

どうやら、孝標女とその姉を物語の熱狂的ファンにしたのは、継母だったようだ。彼女は高階成行《たかしなのしげゆき》の娘で、女房名を上総大輔といい、結婚以前に宮仕えの経験があった。しかも彼女の叔父・成章《なりあきら》（父の成行の弟）が紫式部の娘・賢子（大弐三位）と結婚していた。だから多感な少女たちに華やかな宮廷生活や『源氏物語』に登場するイケメンや美女たちの話をリアルに語ってあげたのだろう。

『更科日記』は回想録

孝標女が「物語」というものに焦がれたことは、『更級日記』の冒頭部分で紹介されている。題名に日記とあるものの、私たちがイメージする備忘録ではない。これは、日記という体裁をとった孝標女の回想録というべきだろう。

孝標女が夫と死別した五十代前半に書いた作品だと考えられ、十代の少女時代から筆を起こし、四十年間の印象深い出来事をおおむね時系列で記したもの。明らかに、人に読ませるための洗錬された文体である。ただ、書かれている内容のすべてが事実かどうかはわからない。小説的なフィクションも含まれているという説もある。とはいえ、はるか昔の出来事を記憶のみで、これほど具体的かつ克明に表現するのは困難ゆえ、『更級日記』の材料となる孝標女のメモが存在した可能性は高い。

孝標女の帰京の願いは、十三歳のときに叶えられることになった。父の任期満了にともない上洛が決まり、寛仁四年（一〇二〇）九月三日に菅原一家は西へ向けて出立した。以後、三カ月の帰洛の旅が始まった。

日記には、行く先々の史跡や伝説、自然が紹介されているが、印象に残るのは、乳母との別れの一節である。孝標女の乳母は上総在任中に夫に先立たれたが、国境の地・松戸で夫の忘れ形見を出産した。静養の必要もあり、孝標一行とは別のルートで後から上京することになったらしい。そこで孝標女は、お見舞いとお別れがてら久しぶりに彼女のもとに出向いた。屋敷は粗末な小屋で、出産を終えたばかりの乳母は、赤い着物を羽織ってつらそうに臥していた。それを目にした孝標女は、「月かげ、さやうの人にはこよなくすぎて、いと白く清げにて」（原岡文子訳注『更級日記　現代語訳付き』角川ソフィア文庫）と述べている。月の光が乳母を照らし、透き通るように白く清らかに見えたという意味だ。

このとき乳母は涙を流して喜び孝標女の髪を撫でたが、翌年三月、疫病のために亡くなってしまった。この知らせを後に都で聞いた孝標女は、大好きな物語を読む気も失せてしまう。そして、散りゆく桜花を眺めつつ「桜の花は来春見ることはできるが、乳母とは二度と会うことができない」と一日中泣き暮らすようになったと記している。

つまり、月影で青白く見えた乳母の顔は、死人のそれ、あるいは死の前兆を感じさせる描写なのだ。

研究者の津本信博氏も、「月を見ることを忌むという風習が竹取物語、源氏物語その他の物語から見られるので、彼女は月光に青白く照らし出された乳母の産後の寝姿に死の不吉なものを感じとったのかも知れない」（津本信博著『更級日記作者　菅原孝標女　日本の作家14』新典社）と述べている。

ただ、『枕草子』には月を忌む記述は見られないし、当時の和歌には月を愛でる歌も多いので、必ずしも月や月影が不吉だと認識されていたわけではない。けれど孝標女は、月光を忌むべきものととらえていたようだ。たとえば、彼女が姉の子供たちを寝かしつけたさい、その顔に月光があたっているのに気づき、あわてて袖で光を遮る描写が『更級日記』に登場する。

孝標一行は十二月二日、長旅を終えて無事に京都に着いた。到着早々、孝標女の頭の中は物語のことでいっぱいだった。すぐに母に「物語を見つけてきて。探して私に見せてよ」とせがんでいる。ちなみにこの「母」なる人物については、孝標女の実母とする説と、祖母という説がある。

孝標女の実母は、藤原倫寧の娘である。しかも、彼女の異母姉は、別項で紹介した『蜻蛉日記』の著者・藤原道綱母なのだ。道綱母と孝標女の母とは齢が四十歳以上も離れていたため、孝標女に伯母の道綱母との面識はなかったと思われる。が、これほど近い血縁関係だったのだから、『更級日記』が『蜻蛉日記』に触発されて書かれた作品であることは確実だと思われる。

仲の良い継母と継子

孝標女が物語をせがんだ相手だが、それが実母だとすると、そもそもどうして父・孝標の上総行きに、孝標女が継母と呼ぶ別の女性だったのかが解せない。

これ以前に孝標と離婚していたのかもしれないが、ではなぜ、帰洛した娘たちと一緒に暮らしているのだろう。

あり得る可能性としては復縁である。というのは、継母の上総大輔は上総にいた頃に孝標と仲が悪くなり、帰京後すぐに離婚して家から出て行ってしまったからだ。

ともあれ、『更級日記』の原文には「母」とあるので、本稿でも母とだけ記述することにしたい。

ちなみに継母は、孝標女を幼い頃から可愛がったようで、屋敷を去るさい「この梅の樹が花を咲かせる頃には会いに来ますよ」と約束した。それを楽しみに待っていた孝標女だが、梅の季節になっても音沙汰がないので、梅花の枝に恋しさを告げる和歌を添えて送ったところ、継母から真心の籠もった返歌がきたという。継母と継子というのは、憎しみ合っているイメージがあるが、二人は大の仲良しだったのであろう。

シンデレラ症候群

孝標女の母は、三条宮に女房として仕える衛門の命婦《みょうぶ》という親類から、硯箱に入った大量の物語類を借りてきてくれた。このため孝標女は、昼夜、読書に没頭するようになった。ただ、先述のとおり、乳母の死を知って、一時、読む気をなくしてしまう。

これを心配した母が、彼女のためにいろいろ物語を見せてくれるので、次第に気持ちが落ち着いてきた。やがて、『源氏物語』を全巻読破したいという気持ちが膨れ上がり、親と寺院に参籠《さんろう》するさいも、そればかりを願うようになった。すると、あるとき地方に住むおばの屋敷を訪れたときに、「あなたの欲しいものを差し上げますよ」と『源氏物語』全巻をプレゼントしてくれたのである。

それからの孝標女は、

「最初の巻から始めて、たった一人っきりで几帳の中に臥せって、櫃から次々に引き出しながら読むその気持ちといったら、后の位だって問題にならない。昼はひねもす、夜は目の覚めている限り、灯火を近くにともして、これ（『源氏物語』）を読むこと以外何もしないで過ごしているので、自然と物語の文章が、そらでもそのまま浮かんでくる」（原岡文子訳注『更級日記　現代語訳付き』角川ソフィア文庫）ほど熱中したのだ。

ちょうどこの頃、夢の中に現れた僧侶が、「法華経を習え」と孝標女に告げたが、そんなことを無視して物語を読み続け、「大きくなったら私は美人になって、光源氏の愛した夕顔や薫が愛した浮舟のようになるんだ」と思うようになったという。

冒頭でも述べたが、バラ色の将来を信じる白馬の王子様（シンデレラ）症候群にかかってしまったわけだ。

前兆の出来事を重要視

『更級日記』では、さまざまな自然の情景や寺参りに加えて、家族の動静や夢の話が頻繁に登場する。とくに仲の良かった姉の死は、孝標女に大きな衝撃を与えた。

乳母が病死した頃、父・孝標の上司だった侍従の大納言（藤原行成）の娘も亡くなった。行成は三蹟（当時の書の大家三人の一人）で、その娘も達筆だった。そこで父の孝標が「これを手本にするといいよ」と行成の娘が書いた文章をくれた。

手本の古歌の中に、「遺体を焼く鳥辺山の谷に煙が立ち上ったら、それははかなく見える私が死んだものと知ってほしい」という一節があり、これに気づいた孝標女は、「はかない運命を知っていたようで、涙が出てしまう」と述べている。

このように『更級日記』には、不幸の前兆と思われる出来事がしばしば登場する。偶然に過ぎないのだが、さも意味があったかのように後付けされることが多い。

さて、その翌年のことか、ちょうど侍従の大納言の娘が亡くなった季節に、孝標女が夜、物語を読みふけっていると、どこからともなく猫の鳴き声がした。そちらに目をやると、すぐ側にかわいい猫がいるではないか。

するとし、近くにいた姉が「かわいいから内緒で飼いましょうよ」というので、隠して飼い始めた。この猫は、他の者たちには近寄らず、姉妹だけになつき、汚い食べ物は一切食べなかった。

しばらくすると、姉が病気になってしまったので、看病のために屋敷内が騒がしくなった。そこで猫を母屋から遠ざけると、やかましく泣き騒ぐようになった。

あるとき、病気の姉が起きてきて「あの猫はどこにいるの。ここに連れてきてちょうだい」と孝標女にいうのだ。理由を聞くと、「夢にあの猫が出てきて、『私は侍従の大納言の姫君です。前世からの因縁により、あなたの妹が私を思い出してくれるので、ここに住んでいたのですが、最近は追いやられてさみしい思いをしています』と泣くの。その様子がとても高貴な美人に思えたところで、目をさました。するとちょうどあの猫が鳴いていたのよ」というではないか。

そこで孝標女は、この猫を侍従の大納言の娘だと考え、近くにおいてかわいがることにしたのだという。

孝標女が一人でいるとき、猫を撫でながら「侍従の大納言の姫君様なのね」と言葉をかけると、猫は彼女の顔を見つめ、やさしく鳴くので、なんだか普通の猫ではない気がし、愛しく思えると『更級日記』で述べている。

景戒の項でも、夢や夢解き、前兆思想について述べる（224ページ）が、平安貴族たちは、夢を単なる潜在意識の表れと考えず、隠された意味があったり、何かの前兆だったりすると信じ、夢解きをする。

研究者の倉本一宏氏によれば、『更級日記』には、夢の話が二十三回も登場するそうだ。猫の逸話は姉が見た夢だが、作者自身が見た夢も九回あるという（倉本一宏著『平安貴族の夢分析』吉川弘文館）。

余談ながら、藤原道長の『御堂関白記』にも十七回にわたって夢に関する記述があり、うち十一回は当人の見たものである。倉本氏はそれを「道長の夢というのは、そのほとんどがどこかに外出、あるいは参列することを回避するための根拠としての『夢』なのである。具体的に『夢』の内容を記述することもなく、本当に見たかどうかが怪しいものも多い。道長が、夢見が悪いことに対して極度の恐怖を感じていた可能性も、まったく考えられないわけではないが、もしかしたら、いわばサボりの口実として『夢』を使っている可能性も考えなければならない」（前掲書）と分析している。時の朝廷における最高権力者が、夢見が悪いことをサボりの口実にしていたというのは何とも驚きだ。一方、孝標女の夢は、不吉の前兆だったり、警告を発するものだったりすることが多い。

ちなみにこの猫は、四月のある日、屋敷が火事になったさい焼け死んでしまった。そして翌五月、姉も産後の肥立ちが悪く、赤子と幼子を残して他界した。二人の面倒は孝標女がみたようで、そのために婚期が遅れたという説もある。

姉が亡くなってしばらく経ったある日、親類が「あなたの姉が探してほしいと言っていた物語を持ってきたよ」と孝標女に手渡した。それは、入水自殺した恋人の遺体を探し尋ねる『かばねたづぬる宮』という不吉な物語だった。

ここでもまた、不幸の前兆が登場してくる。繰り返しになるが、孝標女は「そういえばきっと、あの出来事が虫の知らせや前兆だったのだ」と、そう結びつけてしまうくせが他の貴族より強かったようだ。

菅原家では、住んでいた屋敷が焼け、孝標女の姉が死ぬなど不幸が続いたが、当主の孝標も上総介を勤め上げた後、まったく官職にありつけなかった。

そうした中でも孝標女は、夢見る乙女の気持ちを失わず、「たいそう高貴な身分で、容貌風采が、物語に描かれた光源氏などのようでいらっしゃる方を、年に一回でも良いから通わせ申し上げ、浮舟の女君のように山里に隠し住まわされて、花、紅葉、月、雪を眺めてはもの思いにふけり、とても心細げな様子で暮らし、素晴らしいお手紙などを時折待ち受けて見たいものだ」（原岡文子訳注『更級日記　現代語訳付き』角川ソフィア文庫）などと妄想していた。

作家として名が広まる

長元五年（一〇三二）、十二年ぶりに父の孝標が任官して地方へ国司として下ることになった。このときは、孝標女は同行していない。彼女はすでに二十五歳になっていた。

翌年、孝標女は母に連れられて清水寺に参籠したが、そのさい、寺の別当と思われる僧侶が彼女に近寄り「行くさきのあはれならむも知らず、さもよしなし事をのみ」（原岡文子訳注『更科日記　現代語訳付き』角川ソフィア文庫）と叱りつけたのである。ただし、これは参籠中に見た夢であった。つまり孝標女は、夢の中に出てきた僧に「自分の将来があわれであることも知らず、物語などくだらないことばかり考えておって」と怒られたのだ。

三十二歳のとき、孝標女は人から勧められて祐子内親王の女房として出仕することになる。といっても、住み込みで仕えたのではなく、自宅から通う非常勤だったようだ。これは、孝標女が物語作家として人びとに知られるようになったからかもしれない。

鎌倉時代に『更級日記』を書き写した歌人・藤原定家《ていか》は、孝標女が『夜の寝覚《ねざめ》』や『浜松中納言物語』など、いくつもの物語を手がけた人だと記しているからだ。

まあ、これだけ物語に入れ込んでいれば、やはり自分で創作したくもなるだろう。

出仕から一年ほどして孝標女は、三十九歳の橘俊通と結婚した。三十三歳のときのことだ。翌年、俊通は国守として下野国に赴任したが、孝標女は同行せず、女房としてときどき祐子内親王のもとに出仕していたようだ。この頃、高貴な源資通と和歌を通じて交流が深まり、淡い恋心が生じていた模様だ。資通は彼女のもとを訪ねてきたが、人目が多く、性愛関係には発展しなかったといわれている。

幸せからの暗転

三十八歳のときに夫の俊通が帰任し、孝標女はまもなく長男の仲俊をもうけた。

ここからの十年ほどが孝標女の生涯で平凡だがもっとも幸福な時期だったと思われる。『更級日記』では、「物語のことはすっかり忘れ去った。光源氏や薫といった素敵な男はこの世には存在しないのに、なんて馬鹿げたことを考えていたのだろう」と自省している。ようやく現実を知ったわけだ。そして、子育てしながらときおり内親王のもとに出仕したり、寺に参詣したりといった暮らしを続けていた。

天喜五年（一〇五七）に信濃守として赴任していた夫が、翌年に戻ってきてしまう。体調が良くなかったらしい。そして九月に発病すると、翌十月、五十七歳で急死してしまった。

退屈だが平穏だった暮らしが、突如、暗転してしまったのである。

『更級日記』を読むと、「物語に夢中になり、仏道修行をしなかったせいだ」とか、「夢のお告げどおり神仏に参拝しなかったからだ」など、孝標女の胸中には己の所業の至らなさや、前兆や夢を軽んじたことなど、とりとめのない後悔の波が押し寄せてきたことがわかる。不幸はすべて自分の不徳の致すところだと考える思考は、現代人と大きく異なっていて不思議ですらある。

『更科日記』の由来

夫の死後、甥たちも次々に屋敷から離れ、一人で暮らすようになり、さらに、わびしさは募っていく。しかもほとんど人が訪ねてこなくなったのである。

そんなある日、久しぶりに甥の一人が訪ねたさい、孝標女は「月も出でで闇にくれたる姨捨になにとて今宵たづね来つらむ」（原岡文子訳注『更級日記　現代語訳付き』角川ソフィア文庫）、つまり「月もなく真っ暗闇の姨捨山さながら、夫を失い悲しみにくれる老いた私を、どうして訪ねてくれたのでしょうか」（前掲書）という歌が口をついて出るほどになっていた。

じつは『更級日記』の更級とは、前述の歌に由来するといわれる。もともと『古今和歌集』に載る「我が心　慰めかねつ　更級や　姨捨山に　照る月を見て」という歌を踏まえたものであり、ちょうど亡き夫の赴任地・信濃国の更級郡に姨捨山があることも関係しているとされる。すなわち『更科日記』は、姨捨山に捨てられた不幸な老女の回想録なのである。

そんな薄幸な孝標女が最後に期待したのは、天喜三年（一〇五五）十月十三日に見た夢であった。金色に輝く六尺ほどの阿弥陀如来が屋敷の庭先に浮かび上がり、その姿は他人には見えず、彼女だけに見えたのだ。ただ、あまりに恐ろしくて近くによって見ることができない。それを察した阿弥陀如来は、「では、今回は帰って、後日、迎えにくることにしよう」と告げたのである。

今や、孝標女にとっての唯一の願いは、あのときの言葉どおり、阿弥陀如来が来迎し、自分を極楽浄土に連れて行ってくれることだけだった。

これが『更級日記』のエンディングである。ハッピーエンドではなく、世の無常を警告するバッドエンドで終わっているのだ。何ともわびしい気持ちになる。

ただ、研究者の津本信博氏は、このエンディングは、「夫俊通への葬送曲でもあったようにも思われる」（津本信博著『更級日記作者　菅原孝標女　日本の作家14』新典社）と述べている。この時期、孝標女は精力的に物語を執筆しており、兄弟も大学頭や文章博士になって菅原家の再興を果たしており、「日記での晩年と現実の晩年との間には大きな隔たりが感じられ、一族一統のバックの中で俊通への葬送曲がかなでられたものと考えられる」（前掲書）と推論している。

この説のとおり『更級日記』の結末が、少女時代から物語に夢中になり、自ら物語作家となった菅原孝標女の虚構だとすれば、なんだかちょっとホッとする。

源順《みなもとのしたごう》

詩文の才能に溢れた歌人

どんな人?

学者、歌人。三十六歌仙。『万葉集』の読解と『後撰和歌集』の撰集を担当。

代表作

『和名類聚抄《わみょうるいじゅしょう》』

⇒意義分類体の辞書。画期的な百科事典として、重要な資料。醍醐天皇皇女の勤子内親王のために撰進し、多くの文献に引用された。

生誕	延喜11年(911)
死去	永観元年(983)/享年73歳
父親	源挙
母親	不詳
妻	不詳
子	貞など

仕事予想 (もし、現代に生きていたら?)

作詞家・編集者・文筆家

教科書に登場するも、存在感の薄い人物

「源順って誰？」

そう思った読者がおそらく大半だと思う。そもそも「源順」を「みなもとのしたごう」と読むと初めて知った方も少なくないだろう。ただ、意外なことに『高校日本史B』（通史編）の教科書八種類のうち、半数（四冊）に載録されているのだ。「いやいや、見たことないよ」とおっしゃる読者も多いと思うが、それもそのはず。国風文化の一覧表に名があるだけで、本文にはまったく登場しないのだ。たとえば山川出版社の『詳説日本史B』には、「おもな著作物」という表中に、詩歌、物語、日記・随筆といった項目に続いて「その他」とあり、そこに「和名類聚抄（源順）」とあるのみ。しかも、文字が豆粒のように小さい。だから、長年高校で日本史を教えていた私も、授業でこの人物を取り上げて生徒たちに説明してこなかった。だから、みなさんが知らなくて当然なのだ。

今回、そんなマイナーな人物をあえて十五人の文豪の中に含めたのは、いうまでもなく源順がスゴい業績を残しているからだ。それをこれから詳しく解説していこう。

日本初の百科事典

源順は『和名類聚抄』の著者として教科書に登場するが、じつはこの本、日本で初めてつくられた百科事典なのである。ユニークなのは、編纂された経緯である。醍醐天皇の娘・勤子内親王が「漢詩漢文をつくるための書物はあるが、和語についての書物がない。だから、現在ある書物の中から、良い説のみを集録して書物をつくり、読書をする際に、疑問を明らかにできるようにしてほしい」（今野真二著『辞書からみた日本語の歴史』ちくまプリマー新書）と源順に依頼してきたのだ。

源順はいったんこれを固辞したというが、許されなかったので、「内外の諸書から記事を引用し、三千余の項目と万葉仮名による和名約三千、ならびに撰者の説を付記」（『国史大辞典』吉川弘文館）した『和名類聚抄』を編纂し、内親王の上覧に供したのである。

この辞典の体例（分類形式）だが、まずは大項目の「部」があり、「部」はいくつかの「類」に細分される。そして各類には、それに関係する語句がずらずらと並び、その解説や和名（日本語の読み方）が記されている。

具体例をあげよう。

『和名類聚抄』には二十巻本と十巻本の二つのタイプがあるが、私の手元にある前者の第一巻は、天部第一、地部第二、水部第三、歳時部第四と大きく四つの「部」に分かれている。さらに天部第一は、景宿類第一、雲雨類第二、風雪類第三と、三つの「類」に区分けされる。

そのうち「雲雨類第二」の項目をみると、順番に「雲、霞、霧、虹、雨……」といった具合に、雲や雨に関係する語句が並び、それについての解説と和名が載る。

たとえば「雲」の箇所には、「説文云雲山川出気也王分反」とあり、最後に和名「久毛」と記されている。そう、『和名類聚抄』は全文漢文で書かれているのだ。なお、この漢文の大まかな現代語訳だが、「『説文』がいうには、雲というのは山川から出づる気のことである。日本語では久毛（クモ）と読む」という意味になる。

このように項目を立てて言葉を分類整理することは、これまでの日本の書物にはなかった。研究者の保坂三郎氏も「部類の立て方はそのもとは支那にありとは云へ、「日本人なりに消化し得たものとも認む可く、又現存する資料をみるに、其の頃までにかゝる部類を立てゝ編した辞書類はないから『和名抄』に於いて初めて試みた企《くわだて》であつたやうに考へられる。さりとせばそれだけ苦心も要したであらう」（保坂三郎著

「源順論」『史学 Vol.20 No.4』三田史学会）と、源順のチャレンジ精神や努力をたたえている。

なお、『和名類聚抄』の二十巻本のほうには、国内の多くの地名が載録されている。地名の読みだけでなく、国府（現在の県庁のようなもの）の所在地、平安京からの行程、田んぼの面積や税の額なども付記されている。

これに関して池邊彌氏は、その著書で「『和名類聚抄』所載の郡郷名は平安時代前期の日本六十六ヶ國二島に亙り、國別に約五百九十二の郡名と約四千の鄉名とを網羅し、その多くの場合、和訓を施している點において、日本の古代・中世を通じて他にまったく類例を見ない極めて貴重な史料である」（池邊彌著『和名類聚抄郡鄉里驛名考證』吉川弘文館）と、史料としての価値を高く評価している。

国語史学の分野でも、「十世紀前半の和訓の集成として、当時の国語語彙の実態や語義の研究に不可欠の文献として重視される。引用書は約二百九十種の多きに上るが、その中には和漢の逸書が多く、また収載された『史記』『後漢書』『遊仙窟』や『日本書紀』などの師説は、それまでに伝承された漢文の訓説として、訓法上重要である」（『国史大辞典』吉川弘文館）と重宝されている。

今野真二氏も「『和名類聚抄』は後の時代に大きな影響を与えている。辞書のチャンピオンといってもよいかもしれない。それは、この（時代を先取りした）バランスの良さということにかかわるのではないかと考える。「和名」＝和語をとりこむことによって、中国語＝漢語に過度に傾斜しない「日本語の辞書」という面をうちだすことができた」（今野真二著『辞書からみた日本語の歴史』ちくまプリマー新書）からだと論じる。

以上述べたように、『和名類聚抄』は画期的な日本初の百科事典であり、誕生から九百年近くを経た江戸時代の終わりにおいても、これを凌駕するものは登場せず、広く出版されて人びとに使用されてきた。

知の巨人

さて、驚くべきは、源順が『和名類聚抄』を編纂した時期である。学者によって諸説あるが、彼が二十一歳から二十八歳の間に製作されたことは間違いないとされる。大学生ぐらいの若者が、この大書をつくり上げたということに驚きを禁じ得ない。

まさに若くして「知の巨人」であった。そんな源順について、まずはその前半生を語っていこう。

源順の家系は、嵯峨天皇の皇子、源定《さだむ》を初代とする。源定は父の嵯峨からたいへんかわいがられた。その後、叔父にあたる淳和天皇の猶子となり、淳和の女御・永原原《ながはらのもと》姫《ひめ》に養育された。この二人にも源定は寵愛されたといわれている。よほど皆に愛される人柄だったのだろう。このため淳和天皇は、源定を親王（律令では天皇の兄弟・皇子をさす。やがて親王宣下のあった皇族に限定される）に格上げしたいと嵯峨上皇に希望したが許可は出ず、結局、臣籍降下して「源姓」が与えられた。

母の身分が低い皇子については、皇位争いを未然に防いだり、経費節減のため、源や平の姓を与えて皇族から家臣の位（戸籍）に遷すことが多かった。これを臣籍降下という。

臣下となった源定は、正三位大納言の地位まで昇り、朝廷の政務をになう太政官のメンバーとなっている。そんな源定の子である源至《いたる》が、源順の祖父にあたる。和歌に秀でていたが、最高の位階は従四位上右京大夫にとどまった。源至の兄弟もすべて四位程度なので、その家柄は中級貴族に沈下したといえる。

さらに源順の父・挙は、源順が二十歳のときに急死し、位階は六、七位で終わってしまった。五位以上が貴族なので、嵯峨天皇から数えてわずか四代目で、源家は貴族ですらなくなってしまったのである。

源順には兄が二人いたが、比叡山延暦寺にのぼって仏教界での栄達を目指していた長兄は若くして亡くなり、次兄は都を捨てて近江国に隠棲し、やがて音信が途絶えてしまった。こうした中、源順は自分が得意とする学問の道でお家を再興しようと決意し、大学別曹（高等教育機関の寄宿舎）の一つ、奨学院（在原行平が創設）に入ったのである。そして二十代のときに勤子内親王から『和名類聚抄』の編纂依頼が来たのだ。これは源順にとって、栄達するチャンスでもあった。

勤子が源順にこの仕事を頼んだのは、彼のことを昔からよく知っていたからだと思われる。

勤子は醍醐天皇の娘だが、彼女の母・周子（近江更衣）は、源挙の従妹だった。そのため源挙は周子に近侍していたようである。また源順の母は、勤子内親王の女房として仕えていたとされる。このように、勤子との関係の親密さから、依頼が舞い込んできたのであろう。

梨壺の五人

しかし、画期的な『和名類聚抄』はあまり貴族社会では評価されず、その後しばらく、源順は歴史上にほとんど姿を見せない。ただ、漢学などの教養を深め、詩歌や和歌のセンスも磨いていたと思われる。勉強一筋な彼だけに、この時期までは独身だった可能性が高い。

天暦五年（九五一）、源順にようやく第二のチャンスが訪れた。和歌所の職員（寄人）に任じられたのである。四十一歳のときのことだ。

村上天皇は、宮中の昭陽舎に和歌所なる機関を置き、清原元輔（清少納言の父）、紀時文（紀貫之の子）、大中臣能宣、坂上望城、源順の五名に『万葉集』の訓読と古今和歌集に続く勅撰和歌集（『後撰和歌集』）の編纂を命じたのである。

昭陽舎の庭先には梨の木が植えてあったので、和歌所の殿舎を梨壺と称し、源順ら和歌所の寄人たちを「梨壺の五人」と呼ぶようになった。和歌所の長官（別当）には、藤原伊尹（藤原道綱母の夫である兼家の兄）が就いた。

貴族や学者の家柄でない無名の源順が和歌所の寄人になれたのは、伊尹つながりのコネによるものと思われる。

じつは、伊尹の父・右大臣師輔は、勤子内親王を妻としていた。すでに勤子は他界していたが、その弟の源高明は、師輔の娘を妻としていた。ちなみに、源順と源高明は血縁関係にあったうえに、源順の母が高明の姉・勤子の女房をしていたこともあり、竹馬の友であったそうだ。この時期、源順は中納言に栄達していた高明の家司（家政をになう職員）だったという説もある。

こうして、不惑を過ぎてチャンスをつかんだ源順は、他の梨壺の五人とともに『万葉集』の訓読に精力を傾けていった。意外なことに、奈良時代の八世紀後半に成立したとされるこの和歌集は、十世紀半ばになると、正確に読めなくなっていたのである。源順もかなり判読に苦労したようで、『石山寺縁起』は『万葉集』訓読に行き詰まった源順が石山寺参詣の帰途、馬子の翁が馬の荷を左右の手で直そうとして「己がどち、左右《まで》より」と言ったことから、「左右《まで》」の訓を悟ったという苦労話を伝えている」（新藤協三、西山秀人、吉野瑞恵、徳原茂実著・久保田淳監修『和歌文学大系52　三十六歌仙集（二）』明治書院）

二年後の天暦七年（九五三）、源順が四十三歳のとき、ようやく文章生となっている。菅原道真の項で解説したが、文章生とは大学寮で紀伝道（歴史や漢文学）を専攻する学生のこと。「先例では二十歳台、遅くとも三十過ぎには及第していることを鑑みれば、晩達に過ぎるといわなければならない」（前掲書）

なぜこれほど文章生に補されるのが遅れたのか、正直よくわからない。若くして『和名類聚抄』を編纂し、『万葉集』の訓読や和歌集の編纂に当たっている人物が凡才だとは思えない。きっと何かの事情があったのだろう。

貴族に戻る

それから三年後の天暦十年（九五六）、ようやく源順は朝廷の勘解由判官（地方行政を監査する役人。従六位下相当）という職に就いた。また和歌所の寄人となっていたことで、文壇で頭角を現すようになり、天皇や皇族などが主催する詩合や歌合などに招かれるようになった。

さらに朱雀院の娘・昌子内親王の御裳着の儀式などをはじめ、あちこちで屏風歌を依頼されるようになった。屏風歌については、紀貫之の項（57ページ）で解説したが、簡単にいうと屏風の絵に適する和歌を詠み、その歌を短冊に記して屏風に貼り付けたのだ。

このように文人としては名を上げたものの、なんと官職は勘解由判官のまま据え置き状態だった。ようやく六年後、民部少丞（財政や租税をつかさどる民部省の三番目の重職）、さらに東宮蔵人（皇太子の秘書官）となった。応和二年（九六二）のことである。だが、その前年には四歳の娘と五歳の息子を立て続けに失う不幸を経験していた。疫病だろうか。源順は、子供たちの死を悼む和歌を詠んでいる。すでに源順は五十歳を越えていたのに二人の幼子がいたわけだから、かなりの晩婚だったようだが、妻に関する記録は一切残っていない。

応和三年（九六三）、源順は民部大丞となり、康保三年（九六六）に従五位下下総権守に序せられた。五位以上、つまり貴族に戻れたのである。すでにこのとき五十六歳であったが、さらに翌年には和泉守に転じた。受領（現地に赴く国司の長官）はとても実入りの良い仕事であり、経済的にも安定していたはず。こうした昇進は、源高明のお陰だといわれている。

還暦を過ぎても文人として活躍

それから三年後の安和二年（九六九）、源順の運命が暗転する。冷泉天皇が即位すると、藤原北家の実頼《さねより》（故・師輔の兄）が関白となった。すると源満仲が「左大臣の源高明が謀叛を企んでいる」と密告。源高明は大宰府へ左遷されてしまったのである。これを安和の変というが、源高明が外戚として実権を握ることを恐れた藤原北家の陰謀だったとされる。これ以後、摂政・関白が常置され、藤原北家がその職を独占するようになった。

後ろ盾をなくした源順は悲惨であった。天禄元年（九七〇）に和泉守の任期を終えると、散位（役職がない者）となってしまった。

ただ、還暦を過ぎてからも文人としての活動は活潑で、規子内親王（村上天皇の娘）や藤原為光（師輔の子）などのもとに頻繁に出入りし、歌会などで活躍するとともに、源重光、慶滋保胤など文人たちとも盛んに交流した。源為憲や橘正通などの弟子もおり、天禄三年（九七二）には規子内親王の歌合で判者（審判）をつとめた。

この時期、漢詩や和歌以外にも、物語を創作していた可能性が指摘されている。たとえば作者不詳の『竹取物語』、『宇津保物語』、『落窪物語』などは源順が手がけた作品ではないかという説がある。時間はたっぷりあったろうから、もしかしたら、もしかするかもしれない。

七十歳を越えても就活

いかんせん老齢なので、本人も髪の毛が白くなっていることを嘆いたり、足が悪くなって歩行に障害が生じたと述べているが、驚くことに源順は官途に就くことを諦めたわけではなかった。たびたび朝廷に役職に就けてほしいと申文（嘆願書）を差し出しているのだ。だが、願いは叶わず、和泉守をやめてから九年もの歳月が過ぎてしまった。一時は世の中が嫌になり、京都を去って近江国の野洲に隠棲していたこともあったようだ。

詩序（漢詩につける端書きの文）にも「学を好みて益無き者あり。前の泉州刺史順也。一生貧にして道を楽しむ。徒《いたず》らに原憲の前蹤を継げり。九年散班に沈む」（新藤協三、西山秀人、吉野瑞恵、徳原茂実著・久保田淳監修『和歌文学大系52　三十六歌仙集（二）』明治書院）と記している。これを意訳すれば、「若い頃から学問に励みながら、まったくその知識が役に立たなかった者がいる。それが前の和泉守・源順である。彼は一生貧乏で、文の道を楽しむ者だ。孔子の弟子で一生清貧に甘んじた原憲の後を継いでいる。すでに九年間、散位のままである」

何とも切ない文である。

だが、まだ就職を諦めたわけではなかった。七十歳になった天元三年（九八〇）、源順はまたも「自分を伊賀か伊勢の国守にしてくださいという申文を送った。

規子内親王や藤原為光の助力もあったのだろう。なんと同年、能登守に叙されたのだ。きっと本人も嬉しかったに違いない。しかしながら、任期の途中で源順の寿命は尽きてしまった。それから三年後、七十三歳でその生涯を閉じたのである。任地で没したのか、都に戻って亡くなったのかは定かではない。

『和歌文学大系52　三十六歌仙集（二）』（明治書院）では、源順の生涯を概観して「友人たちとの交誼は絶えていたのだろうか、誰一人としてその死に言及していないのは寂しいことである。『拾遺集』以下の勅撰集には五十首ほどが入集し、『本朝文粋』などの漢詩文集には六十余首の作品を残す源順は、しばしば和漢兼作の才人と称される。だが、その偉大な業績に比して、彼の生涯はあまりにも不遇であったといわなければならない」と論じている。

まさに的を射た絶妙な評価だといえよう。

ただ、見方を変えてみると、貴族身分が固定化していく時期にあって、源順が高貴な公卿（現在の閣僚）の家柄ではなかったからこそ、不遇への不満と栄達の希望をバネにして「和漢兼作の才人」へと飛躍できたのではないか、そう思えてくるのである。

和泉式部《いずみしきぶ》

どんな人？

歌人。和泉式部は女房名。本名は不詳。藤原道長の長女で一条天皇の中宮・彰子に仕えた。

代表作

『和泉式部日記』

⇒10カ月間の恋愛模様が三人称で回想的に綴られたもの。この日記の式部は、恋に悩み、苦しんだ、しおらしい女性として描かれている。愛情を追求した作品。

生誕	天元元年（978）ごろ※諸説あり
死去	長元8年（1035）ごろ※諸説あり
父親	大江雅致
母親	平保衡の娘
夫	橘道貞、藤原保昌など
子	小式部内侍、石蔵宮など

仕事予想（もし、現代に生きていたら？）

モデル・女優

平安のモテ女

和泉式部は、約千五百首の和歌を残し、『和泉式部日記』を著した歌人、作家である。だが、おそらく文豪というよりも、「恋多き女」、「多情好色」、「奔放」、「乱倫」といったイメージを持つ方が多いと思う。

彼女が詠んだ歌としてよく知られているのが、小倉百人一首に載録された「あらざらむ　この世のほかの　思ひ出に　いま一度《ひとたび》の　逢ふこともがな」の一首であろう。

歌の意味を単純に訳せば、「私はもうすぐ死んでしまいますが、この世での思い出として、今一度あなたにお逢いしたいのです」となる。ただ、この歌は、切ない胸中を単純に吐露しただけではないようだ。

高木和子氏は、「『逢ふこともがな』の『逢ふ』とは無論のこと、単に面会することではなく情事を意味する。『もがな』は願望の終助詞である。従って、死を目前に感じる瞬間にも、今一度の濃密な時間を求めたものだと理解したい」（高木和子著『コレクション日本歌人選００６　和泉式部』笠間書院）と述べている。

つまり、「死ぬ前にもう一度だけあなたとエッチがしたい」とストレートに表現しているわけだ。

「黒髪の　みだれも知らず　うち臥せば　まづかきやりし　人ぞ恋しき」

この歌もけっこう意味深である。

解釈は諸説あるようだが、髪が乱れたのは情事の後だからという説もあり、そのとおりなら、髪が乱れてうつ伏している中で、かつて髪をかき上げてくれた男を恋しがっているわけだ。情事の相手と髪をかき上げてくれた思い出の相手が違っている可能性だってあろう。

和泉式部が恋多き女であることは、権力者だった藤原道長もよく知っていた。ある貴族が和泉式部から扇子をもらったことを知ると、それを取りあげた道長は、扇面に「浮かれ女の扇子」と落書きしたという。

紫式部も一目置く文才

和泉式部は、道長の娘の彰子（一条天皇の中宮）に仕えたが、同僚の紫式部は、彼女のことを『紫式部日記』で次のように評している。

「和泉式部という人こそ、おもしろう書きかわしける。されど、和泉はけしからぬ方こそあれ。うちとけて文走り書きたるに、そのかたの才ある人、はかない言葉のにほひも見えはべるめり。歌はいとをかしきこと。ものおぼえ、歌のことわり、まことの歌よみざまにこそはべらざめれ、口にまかせたることどもに、かならずをかしき一ふしの、目とまるよみ添へはべり。それだに人の詠みたらむ歌なんじことわりゐたらむは、『いでやさまで心は得じ。口にいと歌の詠まるるなめり』とぞ、見えたるすぢにはべるかし。『恥づかしげの歌詠みや』とは覚えはべらず」

さすがに原文だとわかりづらいので、紫式部に続き、和泉式部の影響も受けた歌人・与謝野晶子の現代語訳を紹介しよう。

「和泉式部という人と自分とは興味ある手紙の交換をよくしたものである。和泉式部には仕方のない放埒な一面はあるが、友人などに対して飾り気なく書く手紙は、文学者としての素質が十分にある女だけに真似のできない妙味のあるものであった。傷のない歌を詠むこと、博覧強記であること、主義主張のあること、これらの約束を具備した真の歌人ではないが、現実を詩化して三十一字にした一首の中に人の心を引くところが必ずあった。しかしこれほどの人でも他人の歌の批難をしたりしているのを見ると、まだ十分歌というものが解っていないらしく思われる。おそらく才気に任せて口先で歌を詠むという方の人らしい。敬意を払うべき歌人とは思われない」（与謝野晶子訳『与謝野晶子訳　紫式部日記・和泉式部日記』角川ソフィア文庫）

清少納言の項でもふれたが、紫式部という人は、あまり人を褒めないタイプだ。和泉式部のことも「けしからぬ（放埒）」と、その多情を批判している。また、彼女の和歌に対しても、歌の神髄を理解していないと評している。とはいえ、その場に応じて巧みな一節を入れる才能には一目置いていたようだ。

三人称で書かれた日記

これから和泉式部という恋多き文豪の生涯を見ていこう。

和泉式部は、父の大江雅致《まさむね》と母の平保衡《やすひら》の娘として生まれたと伝えられる。生年は天元元年（九七八）説が有力である。

父は越前守、母の父は越中守をしていたことでわかるように、受領（現地に赴く国司の長官）層である下級貴族の出身だ。両親が結婚したのは、太皇太后だった昌子内親王（朱雀天皇の娘で冷泉天皇の皇后）という共通の接点によるものと思われる。雅致は、昌子内親王の家政機関で大進として働いており、母の平保衡の娘も女房として昌子内親王に仕えていたからだ。

和泉式部は幼名を御許丸《おもとまる》と称したというが、成人するまでの逸話は皆無である。ただ、母とともに昌子内親王に仕えるようになったのではないかといわれている。

十八歳から二十歳ぐらいの間に、和泉式部は橘道貞と結婚した。年齢は道貞のほうが十数歳上だったようだ。道貞は父・雅致の部下なので、やはり昌子内親王つながりの結婚だと思われる。道貞はそれから三年後の長保元年（九九九）五月に和泉守に叙されている。和泉式部という女房名は、じつはここに由来する。ただ、和泉式部は夫とともに和泉国へは赴かなかったとされる。この頃、和泉式部は娘（小式部内侍）を産んだので、乳飲み子のために都を離れられなかったのかもしれない。あるいは、昌子内親王が重病に陥り、道貞邸で同年十二月に没したので、そのあたりの事情も関係しているかもしれない。

だが、道貞の和泉在任中に、夫婦関係は破綻し、和泉式部は道貞の屋敷から退去したという。離婚の理由はわからない。道貞が任国で愛人をつくったという説もあるが、和泉式部が別の男と関係を持ったからだという説も根強い。実際、和泉式部が娘を出産したさい、「生まれた子は誰の子だ」という噂が立っている。

離婚が先か、浮気が先かはわからないが、道貞の赴任中に和泉式部と為尊親王《ためたか》（冷泉天皇の子で、母は藤原兼家の娘・超子）が性愛関係を結んだのは確かだ。

それにしても、下級貴族の娘である和泉式部と為尊とはあまりに身分の差が大きく、通常、宮廷を出て皇子がわざわざ忍んでくることは珍しい。ただ、『栄華物語』などによれば、この為尊親王という男性は大の遊び好きで、皇族のくせに夜になるとあちこちの女性のもとにせっせと通っていたらしい。その一人が和泉式部だったのであろう。

世間体もあったのだろう、これを恥じた雅致は、娘の和泉式部を勘当している。ただ、為尊親王との逢瀬は一年ほどで終わりを告げた。為尊が感染症に罹患して亡くなってしまったからだ。当時、感染症が爆発的に流行している中、夜中に頻繁に遊び歩いていたのが原因だとされる。まだ二十六歳の若さであった。

和泉式部は為尊親王の死を嘆き悲しんだが、一方で別れた夫・橘道貞への思慕はその後も続いていたようだ。道貞のことを思う歌がいくつも残されている。

ただ、為尊親王の死から一年も経たないうちに、新しい男が彼女のもとに通い始めた。

なんとそれは、為尊親王の四歳年下の同母弟・敦道親王であった。この二人の皇子は、母の超子没後、昌子内親王のもとで育てられたので、和泉式部を目にする機会があったのかもしれない。

いきなりの敦道親王の求愛、それが恋愛へ発展するいきさつ、たびたびすれ違う二人の思い、そして、和泉式部が敦道親王と同居するに到る経緯。それを克明に綴ったのが『和泉式部日記』なのである。

ただ、これまで何度も述べてきたが、女性文学者が記す日記は備忘録ではない。歌をちりばめた回想録なのだ。しかも『蜻蛉日記』や『更級日記』と異なり、『和泉式部日記』は本人が書いたものかどうかに関しては未だに確定を見ていない。

第三者の視点で書かれていること、和泉式部が知り得ない敦道親王の宮廷での様子が記されていることなどが主な理由だ。しかし近年は本人執筆説が有力になっている。とはいえ、他の女性の日記同様、『和泉式部日記』にも脚色や虚構が混じっているのではないかと考えられている。

身分違いの恋

ともあれ、この日記に従って敦道親王との恋愛模様をみていこう。

ある日、亡き為尊親王に仕えていた少年・小舎人童《こどねりわらわ》が和泉式部の屋敷を訪ねてきた。聞いてみれば、今は為尊の弟・敦道親王に仕えており、今日は敦道親王の言づてで橘の花を持参したという。古歌にあるように橘には昔の人を偲ぶ、という意味があり、為尊親王のことだと察した和泉式部は、別の古歌を踏まえて「ホトトギスの声を聞いて偲びたい」という歌を返した。すると、敦道親王は「私と兄は兄弟なので、声は同じです」と返歌をしてきた。対して和泉式部は、歌を返さなかった。

女性は即座に返歌をせず、何度か相手の歌を無視するという恋愛のルールに則ったものなのだ。その後も女性のほうは、ためらったり、困ったりするそぶりを見せる歌を送る。こうしたやりとりを繰り返したうえで、女性が気に入れば、男性を屋敷へ迎え入れて恋愛が成立するという段取りになっている。

我慢できなかったのだろう、敦道親王はルールを無視していきなり和泉式部のもとを訪ねてきた。ただ、周囲に自分だとばれないよう、「あやしき御車（卑しくみすぼらしい車）」に乗ってやって来た。和泉式部は困ったが、結局、敦道親王を屋敷に引き入れてしまう。月光に照らされた敦道親王は、「なべての御さまにはあらず、なまめかし（人並みではなく、大変なイケメン）」だった。敦道親王はたいへん情熱的で、強引に御簾の中まで入り込み、和泉式部と男女の関係を結んだのである。そうなると、俄然、和泉式部のほうが積極的になり、淋しくないといいながら、「あなたが慰めて下さらないと、私の命は露のように、すぐにでも消えてしまいそう」（川村裕子編『和泉式部日記　ビギナーズ・クラシックス　日本の古典』角川ソフィア文庫）と巧みに誘いをかけた。そこで敦道親王も彼女のうまい言葉に誘われ、人目を避けて再訪したが、和泉式部は彼を屋敷に入れなかったのである。読経に疲れ眠ってしまったと日記に記しているが、焦らしのテクニックなのだろう。けれど、敦道親王のほうは和泉式部が他の男を引き込んでいたのだと考え、足が遠のいてしまう。和泉式部が奔放な女だという噂が流れていたようだ。また、乳母から「身分の低い女に会うために夜歩きしてはいけない。悪いことが起こる」と説教されたことも関係していた。

貴族界での大スキャンダル

けれど、その後も二人の和歌のやりとりは続き、久しぶりに和泉式部のもとにやって来た敦道親王は、「いざたまへ、今宵ばかり。人も見ぬ所あり。心のどかにものなども聞こえん（さあ、いらっしゃい。今夜は人がいないところで、ゆっくり話そうぜ）」といって、和泉式部をせかして牛車に同乗させ、自分の屋敷に連れてきたのだ。それ以後、たびたび和泉式部を牛車に乗せて自分の部屋に引き入れるようになった。

ところがある夜、和泉式部の屋敷の前に、見知らぬ牛車が止まっているのを敦道親王が見てしまう。

和泉式部は、自分の姉妹のもとにやって来た男性の車だと弁解したが、真相はわからない。当然、敦道は彼女の浮気を疑い、またも足が遠のいてしまった。和泉式部はさらに釈明の歌を送るが、さっぱり敦道親王の訪れはない。敦道親王の周りの者たちが、和泉式部のもとに源雅通や源俊賢が通っているといった噂や悪口を振りまくからだ。

ショックを受けた和泉式部は、八月に石山寺（大津市の寺院）に籠もってしまう。これを知った敦道は、例の小舎人童を寺に遣わし、「あなたの参籠に驚いた。なぜ事前に教えてくれなかったのだ。いつ京に戻るのだ」と記した手紙（歌）を渡した。対して和泉式部は、「近江路は　忘れぬめりと　見しものを　関うち越えて　問ふ人や誰」と返歌したのである。

「近江路、逢う道はお忘れになってしまったようだと見ておりましたのに、逢坂の関を越えてお便りをくださった方は、いったいどなたでしょうか」（高木和子著『コレクション日本歌人選006　和泉式部』笠間書院）

皮肉を効かせた歌である。さらに、

「山籠もりの決意がどのくらい強いものなのか、自分で、自分の気持ちを試してみたいのです。だから『さあ、都に戻っておいで』と、宮様自身がここに来て誘ってみて」（川村裕子編『和泉式部日記　ビギナーズ・クラシックス　日本の古典』角川ソフィア文庫）

と誘いをかけたのだ。

ただ、結局敦道親王が来るのを待たずに、和泉式部は都に戻っていった。単に彼の気を引こうとしただけなのかもしれない。

九月の後半に久しぶりに敦道がやって来たが、このときは部屋に入れなかった。和泉式部の日記では、下女が熟睡して門を開けるのが遅くなり、敦道親王が帰ってしまったと書いてあるが、きっとこれも恋の駆け引きなのだろう。

十月十日に再訪した敦道親王を和泉式部は引き入れ、久しぶりの逢瀬を楽しんだ。以来、敦道親王は足繁く和泉式部のもとに通い詰めるが、あるとき、「あまり頻繁にあなたのもとに通っているので悪い噂が立っている。よかったら、うちに来ないか」と和泉式部に同居を求めたのである。

この申し入れに和泉式部は大いに悩んだ。きっと美しい女性だったのだろう、和泉式部のもとには彼女を落とそうとする多くの和歌が届き、屋敷には夜な夜な男たちがやって来た。このため、悪い噂が流れてしまうのだ。ならばいっそ敦道親王の誘いを受け入れ、いわれなき風説から自分を守ってもらおうと彼女は思い始めた。すでに敦道親王には正室（藤原済時《なりとき》の娘）がいたが、皇族が召人《めしうど》という愛人を屋敷内に召し抱えることは珍しくなかった。

そんなある日、敦道親王はいつものように和泉式部を牛車に乗せて連れ出すが、今回は自分の屋敷ではなく従兄の藤原兼隆の屋敷に向かった。そして車宿り（ガレージ）に牛車を置き、そのまま和泉式部を残して屋敷に入ってしまう。取り残された和泉式部は恐ろしくてたまらないが、夜になっていきなり車に乗り込んできた敦道は、宿直（警備）の男たちが牛車の周囲をうろうろしている中で、和泉式部と情事をおこなったのである。

書く必要もないのに、そんな刺激的な情景が『和泉式部日記』に記されている。

その後も敦道親王は和泉式部の浮気を疑ったり、出家したいといったりなど、なかなか情緒が安定しない様子だった。それでも、ようやく十二月十八日になって和泉式部は敦道親王の屋敷に移った。

しかも入った場所は、「北の対」といって正妻がいる建物だった。つまり敦道は、身分の低い和泉式部を妻として迎えようとしたわけだ。

正妻にとってはがまんできない屈辱だった。このため激怒した藤原済時の娘は、屋敷を出て行ってしまった。

これは貴族界で大変なスキャンダルとなったようで、大勢の人びとが興味本位に和泉式部の姿を見に来たり、彼女をあしざまにいう者たちも現れた。

結局、和泉式部は南院に移ったが、藤原済時の娘が屋敷を出た場面で『和泉式部日記』が終わっているので、具体的な夫婦生活はわからない。ただ、二人の間には男児(石蔵宮)が誕生し、敦道があちこち和泉式部を連れ歩いた記録もあるので、幸せな暮らしだったのは間違いないだろう。しかし結婚から四年後の寛弘四年(一〇〇七)、唐突に夫婦生活は終わりを告げた。
敦道親王が二十七歳の若さで没してしまったのである。

再婚しても、恋多き生活

和泉式部は悲嘆にくれ、多くの挽歌を詠んだ。『和泉式部続集』には、百二十余首が載録されている。『和泉式部日記』も、敦道親王が亡くなり、喪に服しているさいに執筆したと考えられている。

その執筆動機について藤岡忠美氏は、「和泉を多情女とする世間の非難が底流にあり、その世評に対する弁解としてやむにやまれぬ恋のいきさつを説き明かし」(藤岡忠美「和泉式部、虚像化の道」/高木和子著『コレクション日本歌人選006　和泉式部』笠間書院所収)たものだと論じている。『和泉式部日記』が、悪い噂を否定する弁明の書だというのは面白い。

さて、それからの和泉式部である。敦道親王の死から二年後、道長の招きにより中宮・彰子の女房となった。娘の小式部内侍も一緒に就職したという。同僚に紫式部がいたことは前述のとおりである。

それから数年後、道長の側近で家司（家政をになう職員）であった藤原保昌と再婚している。

年齢は二十歳近く保昌が上だったという。敦道親王は和泉式部より年下だったが、初婚の橘道貞と同様、かなりの年の差婚だったわけだ。ただ、結婚により経済的に安定したことだろう。保昌が丹後守に叙されたときは、一緒に任国に下ったらしい。けれど夫婦は円満ではなかったようだ。

沓掛良彦氏は、「和泉がかなり年長のこの夫に愛情を感じていたふうはない。むしろ夫をうとましく思う歌を残しており、この結婚生活の間に夫以外の何人もの男性と交渉があったことを、後期の作と見られる歌は物語っているのである」（沓掛良彦著『和泉式部幻想』岩波書店）と断じている。

ここまで徹底して多情好色というのは、ある意味、すがすがしくある。

自由奔放に生きた最後

娘の小式部内侍も母に似て恋多き女で、さまざまな貴族と浮名を流したが、やがて道長の子で内大臣の教通と通じて彼の子供を産んでいる。しかしその後は教通と別れ、万寿二年（一〇二五）に左中将・藤原公成の子（頼仁阿闍梨）を妊娠したが、出産後まもなく亡くなってしまった。まだ二十代後半だったという。

このときも和泉式部は多くの挽歌をつくっており、心の痛手は計り知れない。

その一首が「留めおきて誰をあはれと思ふらん子はまさるらん子はまさりけり」（高木和子著『コレクション日本歌人選006　和泉式部』笠間書院）というものである。

「私たちをこの世に留め置いて亡くなった娘よ、お前は誰を気がかりに思っていることだろう、子供への思いは親への思いよりも勝っていることだろう、そう、私も子を思うゆえにお前の死が、悲しくてならないのだから」（前掲書）

和泉式部の悲痛な心の叫びが聞こえてきそうだ。

長元九年（一〇三六）に和泉式部の夫・保昌は七十九歳で死去したが、このとき和泉式部が夫を悼んだ挽歌が見当たらないことから、すでにその前に亡くなっていたと考えられている。

その九年前から一切の痕跡は確認できず、和泉式部がどこでどのような生活を送り、亡くなったのかはまったくわからない。

ただ、その死後、時代を経るごとに多くの和泉式部伝説が生まれていった。彼女の伝承は全国各地に広まり、和泉式部の墓と伝えられるものは、なんと三十箇所以上にのぼる。「恋多き女」、「浮かれ女」、「多情好色」――そうした話が史実かどうか、不明瞭な点もあるが、和泉式部の奔放な生き方には、時代を超えて惹き付けられるものがあるのだろう。

景《きょう(けい)》戒《かい》

民衆に大人気の仏教説話集を執筆

どんな人？

平城京右京薬師寺の僧。『日本国現報善悪霊異記』以外に、景戒の経歴を推測する術がない。自度僧、私度僧（官の許可なく、僧になった者）だったとする説もある。

代表作

『日本国現報善悪霊異記《にほんこくげんぽうぜんあくりょういき》』
（略称『日本霊異記』『霊異記』）

⇒日本最初の仏教説話集。因果応報について、実例の奇事を示し、民衆に聞かせるため書かれた。

生誕 不詳
死去 不詳
父親 不詳
母親 不詳

仕事予想（もし、現代に生きていたら？）

芸人・保育者

日本初の仏教説話集

『日本霊異記』（『日本国現報善悪霊異記』）は、日本初の仏教説話集である。

仏教説話集（仏の奇跡、仏教の因果応報の理《ことわり》、高僧の逸話などを記した物語）としては、鎌倉時代の『発心集《ほっしんしゅう》』、『閑居友《かんきょのとも》』、『十訓抄《じっきんしょう》』、『沙石集《しゃせきしゅう》』、『撰集抄《せんじゅうしょう》』などが知られているが、まさに『日本霊異記』は、次々と登場する仏教説話集の嚆矢《こうし》といえる作品なのである。また、平安時代の説話集（仏教説話を含む）の『今昔物語集』などにも大きな影響を与えたことがわかっている。

そもそも仏教は、公的には五三八年に百済の聖明王《せいめいおう》が日本に伝えたとされ、その後、崇仏論争《すうぶつろんそう》を経て蘇我馬子や聖徳太子などがその教えを保護し、八世紀の奈良時代には国教扱いとした。とくに聖武天皇は鎮護国家のため、諸国に壮麗な国分寺と国分尼寺を建て、平城京の東大寺に盧舎那仏《るしゃなぶつ》を建立《こんりゅう》した。この時期、行基が民間に仏教を広めるとともに、人びとのために溜池や道路をつくるなど大規模な土木工事をおこなった。

『日本霊異記』は奈良時代が終わる延暦六年（七八七）ぐらいにおおむねまとめられ、平安初期の弘仁十三年（八二二）頃に完成したといわれている。新たな仏教宗派として天台宗が最澄、真言宗が空海によって開かれた時期に近い。

この時代は、仏教なくして政治は立ち行かず、彫刻・絵画・工芸・書道・建築物など、あらゆる文化に仏教の影響が浸透しており、殺生、姦淫《かんいん》、嘘、窃盗などを禁ずる仏教の戒律も貴族から庶民にいたるまで生活の規範となっていた。

記録がない著者

ところで、『日本霊異記』を書いた景戒とは、いったいどんな人物なのだろうか。

残念ながら、その実像は、ほとんどわかっていない。というのは、『続日本紀』など当時の史書や史料には、彼の記録がまったく登場しないからである。だから景戒の人となりについては、『日本霊異記』の文中から推測するしかないのだ。

各巻の序に景戒は、「諾楽右京薬師寺沙門景戒録」とか、下巻末に「諾楽右京薬師寺伝燈住位僧景戒録但三巻注之」と署名しているので、薬師寺と関係の深い人物であることは間違いない。

中田祝夫氏は、おそらく景戒は「官の正式の認可を得ないままで僧」(中田祝夫著『日本霊異記(下)全訳注』講談社学術文庫)となった人物、つまり「私度(僧)」(前掲書)であり、「受戒のために修行している在俗在家」(前掲書)ではないかと推測している。さらに『日本霊異記』の文中に、「景戒には妻子があり、馬小屋には馬二頭、また自分で持仏堂を持っていた」（前掲書）とわかる箇所があり、「私度の沙弥とはいえ、生活に困るようなことはなかった」（前掲書）階層の人物だと述べる。

景戒の出自についてだが、研究者の宇佐美正利氏は、次の三説を紹介している。

一つ目は、『日本霊異記』の冒頭で小子部栖軽《ちいさこべのすがる》（雄略天皇時代の豪族）が登場することから、その一族とする「小子部氏関係者説」（宇佐美正利著『日本霊異記とその時代』おうふう）。

二つ目は、景戒は大伴氏が多く住む紀伊国名草郡にいた可能性が高いので、大伴氏を祖とする名草郡の郡司層だとする「大伴氏関係者説」（前掲書）。

三つ目は、『日本霊異記』に渡来僧の話が多いので渡来系の人物とする「渡来人関係者説」（前掲書）である。

ただ、宇佐美氏は「三説はどれも他の説を否定するだけの説得力がなく、どれも可能性として考えられる。景戒の出白について明確な比定をおこなうことはこれからも不可能であろう」（前掲書）と論じており、どの説も想像の域を出ないのだ。

このように、作者の景戒の履歴はほとんど判然としていないのが現状である。

『日本霊異記』とは？

さて、ここからは『日本霊異記』の構成や編纂目的、内容について深掘りしていきたい。

本書は上・中・下の三巻からなる。上巻には三十五話、中巻には四十二話、下巻には三十九話が収録されている。よくぞ一人で百十六の説話を集めたり、創作したりしたものである。

そもそも景戒は、何のために『日本霊異記』を編纂したのだろうか。

先の宇佐美正利氏は、「末法の世における仏道退廃を歎き、仏道を興隆し、末法の世の苦悩する民衆を救う説経の導書として『霊異記』を編纂したのである。仏教における因果応報の理を説き、律令制下において救われざる運命にあった民衆の苦悩を救済しようとしたのである」（宇佐美正利著『日本霊異記とその時代』おうふう）と断じる。一般的には永承七年（一〇五二）から末法の世になるとされるが、景戒はそれより五〇〇年前から末法は始まると考えており、仏教説話を語ることで、人びとに因果応報を理解させ、苦悩から救おうとしたのだという。

永藤靖氏も「景戒はしきりに因果応報の論理を語っている。またその論理を説話という完結した話において実証して見せようとしたのである」、「霊異記のほとんどの話が、いわばこの因果応報の論理の実践、証明のために記されていることはまちがいない」（永藤靖著『古代仏教説話の方法 霊異記から験記へ』三弥井書店）と語る。

中田祝夫氏も、「景戒は仏教の教えから、因果応報―悪行は悪結果を招き、善行は良結果で報いられる―を信じていました。だから、この悪世相と国家社会を救済するには、為政者も一般庶民も、すべて悪行をしりぞけ、努力して善行に勤めるべきであると考えたのです。国家の安泰を祈願し、一切衆生の幸福を熱禱するのが僧侶の務めですが、ただ仏前に焼香し、仏菩薩像を礼拝しているだけでは、幸福な社会は生れない。ただそれだけでは世相が良くなり、一般民衆は救済されそうにない。なんとしても、為政者も庶民も、ここで奮起して、悪行を遠ざけ、善行に励むべきであり、そうすれば、因果応報の仏教の原理によって、庶民の救済が可能であると景戒は熱心に考えた」（中田祝夫著『日本霊異記（下）全訳注』講談社学術文庫）と述べている。

このように研究者たちは、景戒は現世における因果応報の法則（良くも悪くも、人の行いはいつかその報いを受ける）を人びとに知らしめて善行をおこなわせるべく、その「実例集、実地判例集」（前掲書）たる『日本霊異記』をつくったというのだ。

講演メモのような逸話

確かに『日本霊異記』の説話の大半は、因果応報の話や現報善悪談である。たとえば、「売られていた亀を買い、海に逃がしてやったら、後日、その亀に助けられた」、「仏塔を建てると偽って喜捨を集め、贅沢三昧した男が、急に病にかかり熱いと泣きわめき『地獄の業火が俺を焼く』と叫んでその日のうちに死んだ」、「仏教を信じない王が、道ばたで出会った僧侶を従者に打たせ、経典を破ったところ、急に苦しみ出して死んだ」といった話が散見される。中でも興味ぶかいのは、豊前国宮子郡の郡司の次官（少領）である膳臣広国《かしわでのおみひろくに》の逸話であろう。彼は死んでから三日目に生き返ったが、あの世で責め苦にさいなまれる父親と会ったというのだ。

なんと広国の父親は、熱い銅の柱を抱き、三十七本の釘を体に打ちこまれ、朝昼晩と合計九百回、鉄の鞭で激しく叩かれていた。生前の罪業により、地獄に落ちたのである。しかも、いつも飢えにさいなまれ、食欲を満たそうと、大蛇や赤い小犬に化けて広国の家に入って食べ物にありつこうとした。そんなふうに息子の広国に告白する。が、いずれも追い払われてしまったという。ただ、正月元日に猫になって屋敷に入ったときは、腹一杯に御馳走を食べて満足したと語る。

余談ながら、じつはこれ、日本で初めて猫に触れた記述だといわれている。『日本霊異記』より古い奈良時代に編纂された『古事記』や『日本書紀』には、猫に関する記録はまったく出てこないのだ。

さらに中田氏は、『日本霊異記』に載録された説話は中国の文学や仏教説話の影響を受けつつも、「日本国で起った因果応報、現報善悪談であり、日本人が実地体験したということでなければ、聴衆や読者には縁遠いものになって、説話の効果は稀薄に」（中田祝夫著『日本霊異記（下）全訳注』講談社学術文庫）なるので、各説話はすべて日本の出来事になっているのだと説く。

なお、仏教説話集とされる『日本霊異記』だが、一見、仏教とは無関係に思われる奇談も載録されている。その一つが「電を捉へし縁」と題する話だ。

雄略天皇の腹心・小子部栖軽は、雄略が后と性交している最中にうっかり部屋に入ってしまった。雄略は恥ずかしさをごまかすため、そして腹いせの気持ちが手伝って、ちょうど雷鳴が轟いたので、栖軽に雷を呼んでくるよう命じたのである。

命に応じた栖軽は、馬に乗って雷が鳴るほうへ向かい、大声で「天皇がお呼びだぞ」と叫んで探し回っていたところ、豊浦寺《とゆらでら》と飯岡という場所の中間あたりに雷が落ちていた。そこで栖軽は、雷を輿に乗せて宮中に運び込んだ。雄略がその雷を目にすると、にわかに激しく輝いたのだ。仰天した雄略は、多くの供物を捧げ、すぐに雷を元の場所に戻させたのだった。

数年後に栖軽が亡くなると、雄略天皇はその忠臣ぶりをしのんで、雷が落ちた場所に彼の柱碑を立て「雷を捕えた栖軽の墓」と刻んだ。これに腹を立てた雷は、その碑を激しく攻撃したが、そのうちに柱の裂け目に挟まって再び捕らえられてしまった。これを知った雄略は、裂け目から引き出してやったので、雷は死を免れたという。

性行為を見られた照れ隠しと、腹いせで雷を捕まえさせるとは、何ともユニークな話だが、『日本霊異記』にはこうした性愛にまつわる話も少なくない。

「愛欲を生じて吉祥天女の像に恋ひ、感応して奇しき表を示しし縁」と題する説話を紹介しよう。

奈良時代、和泉国血渟《ちぬ》の山寺で修行している男がいた。そこに吉祥天女の土像が安置されていたのだが、修行者はその美しい姿に惚れてしまい、毎日六度も「私にあなたに似た女性をお与えください」と心から願ったところ、吉祥天女と交わっている夢を見た。翌朝、男が起きて吉祥天女の像を見ると、像の裳の腰のところに「不浄染み」、つまり精液がついていたのである。

恥ずかしさのあまり男は、「私はあなたに似た女性を求めたのに、なぜかたじけなくも、自らが私と性交してくださったのですか」とつぶやいた。ただ、修行者はこれを恥じ、誰にもこのことをいわなかったが、先の独り言を弟子が密かに聞いていた。

まもなく師匠と仲違いして追い出された弟子は、その話を里人たちにいいふらして歩いたのである。里人は真偽を確かめるために、山寺に来て吉祥天像を見ると、確かに「淫精染み穢れ」ていた。このとき修行者は、隠しきれずに事実を話したと景戒は記す。

そして最後に景戒は、この説話について「諒に委《し》る、深く信ずれば、感応せずといふこと无きことを。是れ奇異しき事なり。涅槃経に云ふが如し。『多婬の人は、画ける女にも欲を生ず』と者へるは、其れ斯れを謂ふなり」（前掲書）とまとめている。これを意訳すれば、「神仏を深く信じれば必ず願いが通じるという。不思議なことだ。涅槃経に、性欲の強い者は絵の中の女にも性欲を持つというが、まさにこれと同じだ」という意味だ。

この話は仏教にまつわる事柄であるものの、因果応報や現報善悪談とはいいがたく、

納得できる結論も書かれておらず、べつに為になる話でもない。なんだかモヤモヤして終わる。これについて中田氏は、

「文学作品として見れば、『日本霊異記』には、尻切れとんぼのような話や、説明不足のような話がたくさんまじっています。未完成品、部分品を少し並べたような覚え書きに過ぎない話もあります。しかし、これは文学作品として見るからです。『日本霊異記』は、在俗の景戒のような僧が、庶民の前で講話する材料として集めた説教覚え書きに類する部分も多いと見てよいのです。少々の部分品があれば、臨場して講壇の上で、口舌で補っていけるという考え方があったのだと思います」（前掲書）と類推している。なるほど、講演メモということならば、納得できる。

前兆思想

さて、今の逸話には、夢で吉祥天女と交わったことが語られていたが、当時の人びとにとって夢は大切なものだった。『日本霊異記』では、作者の景戒自身が見た悪夢も紹介している。

延暦七年（七八八）三月十七日の夜、景戒は自分が死んで、薪が積まれた上に乗せ

られ、火葬されている夢を見た。景戒は、夢の中で焼かれる遺体のすぐ側に立っていた。だが、体はなかなか思うように焼けない。そこで景戒は木の枝を持ち、自分の遺体を串刺しにして裏返して焼いたのである。そして自分の体を焼いている人に向かって「私がやっているようによく焼いてくれ」と言ったのだ。やがて足や膝、手の関節、そして頭が焼かれ、胴体から離れた。景戒は、側にいる人に語りかけたが、何の反応もない。そこで、彼の耳に口を当てて大声で叫んだが、その人が言葉に反応することはなかった。そのとき景戒は、「死んだ人の魂は、声がないので、私の叫ぶ声が聞こえないのだ」と理解したという。

この時代の人びとは、自分の見た夢を何か意味あるものと考え、その解釈を試みた。これを夢解などというが、景戒もこの夢を次のように解釈している。

「唯惟へり、若しは長命を得むか、若しは官位を得むか。今より已後、夢に見し答を待ちて知らまくのみとおもふ」（中田祝夫著『日本霊異記（下）全訳注』講談社学術文庫）

つまり、これは「長命」か「官位」を得る夢ではないか、早く夢の解答を知りたいと言っているのである。こんなおぞましい内容なのに、良い夢だと考えているわけだ。

きっと景戒は、この夢を逆夢と考えたのだ。一二〇〇年以上前からこの考え方はあったようで、夢と正反対のことが現実で起こるという逆夢は、すでに知られていた。

では、実際、それは実現したのだろうか。

景戒は「した」と断言する。それが延暦十四年（七九五）十二月三十日に「伝燈住位」という高い僧位を得たことだと『日本霊異記』に記している。ただ、夢を見てから七年もの歳月が過ぎており、何ともこじつけのようだが、景戒はそう信じていたわけだ。

最後に景戒の前兆思想について語りたい。

虫の知らせとか胸騒ぎという言葉があるとおり、何となく良くないことが起きる前、それを察知したような気持ちになる。「誤って皿を割ってしまったのは、その後に怪我をするぞという予兆だったのだ」などと思ってしまう。

おそらく、単なる偶然を必然だと思いたい人間の性なのかもしれないが、とくに景戒はその傾向が強かった。

『日本霊異記』には、景戒が建てたお堂に狐が穴を開けて入り込み、仏座で糞をしたり鳴いたりしたが、それから二百二十日後に息子が死んだとある。また、自宅で十一月、十二月に狐やにいにい蟬が鳴いたので、翌年の正月に立て続けに馬が二頭死んだと書かれている。そうした前兆を知り、災いを避けるためにもさらに仏道修行に励むべきだということなのだろう。

以上、『日本霊異記』の内容をかいつまんで紹介した。繰り返しになるが、作者である景戒がその後どのような人生を送り、いつ亡くなったかはまったく記録に残っていない。

しかし、そんな人物が記した著書が、古代から中世に流行する説話集に大きな影響を与えることになったのである。

西行《さいぎょう》

歌道、仏道からの人気で、
伝説化された

どんな人?

遁世者、歌人。俗名は佐藤義清《のりきよ》。鳥羽上皇に武士として仕えたが、23歳で出家し、生涯旅をした。

代表作

❶『山家集』　❷『御裳濯河歌合《みもすそがわうたあわせ》』

⇒❶私歌集。四季、恋、雑に分類される。❷内宮に奉納した自撰歌集。

生誕	元永元年(1118)
死去	建久元年(1190)／享年73歳
父親	佐藤康清
母親	源清経の娘
妻	不詳
子	隆聖、慶縁、女子2人

仕事予想(もし、現代に生きていたら?)

俳優・歌手・ライター

超エリート街道から外れる

歌人として有名な西行法師は、俗名を佐藤「のりきよ」と言った。名前の漢字は義清、憲清、則清、範清など、史料によって異なるが、義清と書いてある記録が多い。

西行は、元永元年（一一一八）に佐藤康清と源清経の娘との間に生まれた。

佐藤氏は、平将門の乱を平定した藤原秀郷《ひでさと》の嫡流という武門の家柄だった。秀郷は俵藤太《たわらのとうた》ともいわれ、大百足《むかで》を退治したという伝説を持つ有名な武人だ。ご存じの方も多いだろう。このため曾祖父、祖父、そして父の康清と、続けて左衛門尉と検非違使の役職を兼ねてきた。

さて、院政を始めた白河上皇は、優れた武士だけを集めた直属軍「北面の武士」を創設したが、西行も鳥羽上皇（白河の孫）の北面の武士に抜擢されているので、やはり武術に長けた若者であったのだろう。

西行の母方の祖父・源清経は蹴鞠の名手だったが、西行もその才能を受け継ぎ、蹴鞠が得意だったという。そのうえ、十代後半には和歌の才でも知られるようになっていたといわれる。

じつは、北面の武士になるには、単に弓馬の術だけでなく、和歌や詩文などの文学的な才能も必要とされた。そういった意味では、西行は超エリートの道を進んでいたわけだ。にもかかわらず、まだ二十三歳という若さで急に出家してしまうのだ。政治的に失脚したわけでもないし、佐藤家は紀伊国田仲荘を所有する裕福な家柄だったので、経済的貧困がその原因でもなかろう。

出家の理由

いったいなぜ、西行は突如、このような行為に及んだのか。

その理由については、当時の日記や書簡（一次史料）ではまったく確認することができない。ただ、後に編纂された書物をひもとくと、いくつかの説が散見される。代表的なものとしては、『西行物語』に載る「友人の死」が出家のきっかけになったという説だ。

あるとき西行は、友人の佐藤憲康と一緒に宮中から退勤した。別れ際、「明日また会おうな」と約束したものの、翌朝、憲康を誘いに門前に行くと、多くの人びとが立ち騒いでいるではないか。屋敷からは悲しい泣き声が聞こえてくる。なんと、憲康が昨夜のうちに急死してしまったというのだ。

あとには十九歳の妻と七十余歳の母が残された。西行は、いかに人間の命がはかないものなのか、この世がなんて無常なのかをひしひしと感じ、にわかに髻を切って仏門に入ろうと思い立ったのだという。

このとき西行には、すでに妻子がいた。子供は息子二人、娘二人がいたことがわかっている。ちなみに四歳の娘は、出家を決意した父が家から去ろうとするのを知ると、別れを嫌がって泣きながら追いすがってきた。すると西行はなんと、縁側から娘を蹴落とし、そのまま走り去って自ら髻《もとどり》を切り落としたと伝えられる。何とも薄情な気がするが、仏教は肉親の情でさえ、それは執着であるとして捨て去ることを命じている。実際、多くの和歌をつくった西行だが、肉親や親族を思った歌はないそうだ。

とはいえ、子供たちをそのまま放置したわけではなかったようだ。娘は弟に預け、その後、葉室顕頼《はむろあきより》の娘に委ねている。さらに後年、西行は自分の妻とともにその娘を出家させたと伝えられる。

ともあれ、出家を決意した西行は、主君の鳥羽上皇に暇乞《いとまご》いをした。

「惜しむとて惜しまれぬべきこの世かは　身を捨ててこそ身をも助けめ（惜しむほどの価値のあるこの世だと思いません。身を捨てることが自分を救うことになるのです)」

これは、そのおりに詠んだ歌だと伝えられる。

もう一つ、別の出家説を紹介しよう。朝廷の上臈《じょうろう》女房との恋に破れ、人生に嫌気が差して出家したという話が『源平盛衰記』に載る。

同書には、恋をしたのは申すも恐れ多い身分の高い女性(上臈)だとある。西行は、一度、その上臈と思いを遂げたものの、再度の逢瀬を求めたところ、振られてしまったのだという。それを苦に世を捨てたというのだ。西行の歌は恋を題材にしたものが極めて多く、恋愛というものに特別強い感情を抱いていたことは間違いないだろう。

なお、失恋の相手は、鳥羽上皇の中宮・待賢門院璋子ではないかという説がある。

璋子は、西行が仕えていた徳大寺実能の妹であったから、出家前に面識があった可能性はある。しかも璋子は非常に恋多き女性で、自分を育てた白河上皇と男女の関係を結び、幾人もの貴族たちと浮名を流している。その後は白河の孫・鳥羽上皇の中宮(皇后)となった。璋子は西行より十七歳も年上なので、少し無理がある気もするが、かつてのNHKの大河ドラマ『平清盛』ではこの説をとっていた。

西行の歌

西行は出家後、比叡山などに登って完全に俗世間との関係を絶ったわけではない。京都の嵯峨や東山などに庵を結んで仏道修行に励むとともに、璋子の御所に出入りしてその女房達と親しく歌をやりとりしている。さらに璋子が上皇を呪詛した疑いをうけて出家を余儀なくされたさい、強く同情したこともわかっている。

色恋は別として、自分が仕えた鳥羽上皇の妻だったこともあり、璋子に親しみの感情を持っていたのは確かなようだ。

いずれにしても、佐藤義清という前途ある貴公子の出家は、当時の貴族社会でも大きな話題になったようだ。藤原頼長（後の左大臣）の日記『台記』には、「西行はもともと左衛門尉義清という重代の勇士で、鳥羽上皇に仕えていたが、昔から仏道に心を寄せ、家が富み年が若いのに、心に愁いもなく遁世をとげた。人びとはこれを称賛した」とあるからだ。

先述のとおり、数年間は都の郊外に庵を結んでいた西行だが、三十歳前後ににわかに東北へ向けて旅立った。仏道修行を兼ねて敬愛する能因法師の足跡をたどったのだというが、ちょうど璋子が亡くなった頃なので、傷心を癒やすためだったという説もある。

東北の入口である白河関に着いた西行は、あまりに関所周辺を照らす月が美しいことに感動した。能因法師もここで「都をば霞とともに立ちしかど　秋風ぞ吹く白河の関（京都を春霞の頃に出立したのに、白河の関にはもう秋風が吹き始めている）」と歌っているので、西行は関所の柱に「白河の関屋《せきや》を月の洩《も》る影は　人の心をとむるなりけり（秋風が吹くころに白河《しらかわ》に来たという能因《のういん》は、関屋に洩れ入る美しい月光に迎えられて、すっかり心惹かれたことだろう）（西澤美仁編『西行　魂の旅路　ビギナーズ　クラシックス日本の古典』角川ソフィア文庫）」という和歌を刻みつけた。

西行には、恋や花と並んで、月を愛でる歌が多い。これもその一つである。せっかくなので、月を歌った作品をいくつか紹介しよう。

「行方なく月に心の澄み澄みて　果てはいかにかならんとすらん（月を見ていると私の心は澄みに澄む。このままどこまで澄んでいくのだろう。私は一体どうなってしまうのだろうか）」

まるで月に恋する乙女のようである。さらに、

「見しままに姿も影も変わらねば　月ぞ都の形見なりける」

「何事も変わりのみ行く世の中に　同じかげにてすめる月かな」
「眺むればいなや心の苦しきにいたくなすみそ　秋の夜の月」
「面影の忘らるまじき別れかな　名残を人の月にとどめて」など。

渡部治氏は、西行にとって月は、「まっすぐな憧憬の対象、限りなく西行の魂を引きあげる力の実在であった」、「月は煩悩を超脱した悟りの象徴としても眺められ」（渡部　治著『新装版　人と思想140　西行』清水書院）たと述べている。

確かに月は、いつも変わらず夜空を照らし、しかも決して手が届くことのない存在。西行にとって月は、永遠の憧れだったように思われる。

貴公子の墓を見に行く

人は旅をすると、よく偶然に出会う。私も全国各地を講演やロケで回っているが、たまたま訪れた土地で自分が今調べている人物や事件の史跡や史料と出会うことがままある。きっと、引き寄せられたのだと思うことにしている。

西行の東北の旅でも、同じようなことが起こったと、西行自身が『山家集』に次のように記している。

「みちのくにやって来たとき、野原の中に少し大きな塚を見つけたので、里人に尋ねてみると、中将の御墓だと答えた。いったい中将とは誰のことだとさらに聞くと、『藤原実方《さねかた》様のことです』と告げた」

藤原実方とは、左大臣藤原師尹《もろただ》の孫にあたり、中古三十六歌仙の一人に数えられる歌の名手だ。小倉百人一首にも実方の歌が載録されている。才人であり、清少納言をはじめ、多くの女性たちと浮名を流した貴公子であり、光源氏のモデルではないかといわれている人物の一人だ。西行が東北に来たときから数えて百五十年以上前に活躍した歌人である。

将来は政権の中枢に位置できる立場にあったが、あるとき藤原行成と口論になり、激した実方は行成の冠を剝ぎ取って投げ捨てた。これを見ていた天皇は立腹し、実方を陸奥守に左遷してしまったのだという。実方は、長徳元年（九九五）に東北に赴任したものの、三年後に落馬して亡くなってしまった。まだ四十歳ぐらいだったようだ。左遷というのは、どうやら史実ではないようだが、少なくとも西行は事実だと信じていた。こう考えると、おそらく偶然実方の墓を見つけたわけではなく、西行は歌人として名高い実方の墓をわざわざ訪れたのだろう。

この貴公子の墓を見た西行は、「何とも悲しくなった。そうでなくてもあわれな塚なのに、霜枯れの薄がほのぼの広がり、何もいうことが出来ない」と述べ、「朽ちもせぬ其名ばかりをとどめ置きて　枯野の薄かたみにぞ見る（実方の名前だけはこの地に残っているが、あとはすっかり荒れてしまい、今は枯れ野にそよぐ薄が実方の形見のように見えてしまう）」と世の無常を歌った。ちなみに、この足かけ二年の旅で西行は、奥州の覇者・藤原秀衡《ひでひら》の知遇を得ている。

西行が読んだ二千首の歌

帰洛後は高野山に庵を移し、以後、三十年近くこの場所を拠点にしつつ、ときおり都へおりたり、各地を漂泊しながら和歌を詠み続けた。中国地方や四国へも赴いている。晩年は伊勢へ移住したようだ。

この時期、空海が創建した高野山には、多くの遊行者たちがいた。これを高野聖と呼ぶ。彼らは諸国に出向いて勧進（募金活動）をおこなったが、西行もたびたび勧進にあたっているので彼を高野聖だとする説がある。対して、それと一線を画していたという説もある。

桜が好きだった西行は、花の名所であった吉野山を毎年必ず訪れたと伝えられる。西行が詠んだ歌は二千首にのぼるが、そのうち二百三十首が桜の歌である。

「吉野山桜が枝に雪散りて　花遅げなる年にもあるかな」

「おしなべて花の盛りになりにけり　山の端ごとにかかる白雲」

「春風の花を散らすと見る夢は　さめても胸のさわぐなりけり」

仁安三年（一一六八）、五十一歳の西行は、四国の讃岐へ渡っている。

それは、保元の乱に敗れてこの地に流され、怨霊と化した崇徳上皇の霊を慰めるためだった。

崇徳上皇は、鳥羽上皇と璋子の間に生まれた長男である。本来ならば鳥羽から治天の君（朝廷の実権を握る皇室の当主）を受け継ぐべき人であった。だが、鳥羽は崇徳を忌み嫌い、彼を退位させると美福門院《びふくもんいん》が生んだ子を天皇（近衛天皇）とし、さらに近衛が没すると、崇徳の息子ではなく、崇徳の弟である雅仁親王を即位させたのだ（後白河天皇）。

じつは鳥羽は、崇徳を我が子だと思っていなかった。かつて璋子は祖父・白河の愛人であった。その関係が自分との結婚後も継続していると疑い、「崇徳は祖父と璋子の不倫によって生まれた子だ」と信じ、陰で崇徳を「叔父子」と呼んだ。形式的には我が子だが、実際は祖父と不倫して妻が産んだのだから叔父であるという意味だ。

結果、鳥羽が死ぬと、天皇家は崇徳派と後白河派にわかれ、互いに懇意な武士を集めて保元の乱が勃発する。戦いに敗れた崇徳は、讃岐へ流罪となった。西行は和歌に理解がある崇徳と親交を結んでいたようで、島へ流される直前、わざわざ崇徳のもとを訪れている。このとき二人の間で何が語られたかはわからないが、流罪となった崇徳は、望郷の念を強く抱きながら帰京を許されず、絶望の中で後白河や朝廷を呪詛しながら亡くなった。

西行は彼が没した三年後、讃岐へ赴き配所を尋ねて鎮魂の歌を捧げ、続いて白峰にある陵墓を訪れ、そこで

「よしや君むかしの玉の床とても　かからむ後は何にかわせむ（陛下《へいか》、もうやめませんか。崩御《ほうぎょ》された今となっては、たとえ昔のまま玉座《ぎょくざ》にあられたとしてもそれが何になりましょう）」（西澤美仁編『西行　魂の旅路　ビギナーズ・クラシックス　日本の古典』角川ソフィア文庫）

という歌を詠んでいる。

そしてそのまま、上皇ゆかりの善通寺に庵を結んでしばらく生活したという。先の歌からわかるとおり、崇徳上皇が怨霊になることを防ぐのが目的だったといわれている。同時に敬愛する空海の跡をたどる四国巡礼もおこなった。

源頼朝と話し明かす

文治二年（一一八六）、西行は再び奥州へ下った。

これより六年前、平清盛の命令で息子の重衡《しげひら》が南都（奈良）を焼き討ちした。興福寺や東大寺の僧兵たちが平氏に敵対していたからだ。

このときの兵火で東大寺の建物のほとんどが焼け落ちてしまった。そこで朝廷は重源を大勧進職に任じ、再建を命じたのである。東大寺の大仏も崩れ落ちたので新たに鋳造されることになった。文治元年（一一八五）に大仏開眼供養がおこなわれたものの、まだまだ堂宇の再建には費用が必要だった。

そこで重源（彼も西行と同じ高野聖だったといわれる）は、親しくしていた西行が奥州藤原氏とゆかりが深いので、彼を派遣して豊富な奥州の砂金を調達しようとしたのだ。すでに西行は六十九歳の老齢だったが、喜んでこれに協力した。

役目を果たすため東北へ向かう途中、東海道の三大難所といわれる遠江国中山を越えた。このおり西行は「年たけてまた越ゆべしと思いきや　命なりけり小夜の中山」と詠んだ。まさかこれほど老齢になって約四十年ぶりにこの山を越えるとは思ってもみなかったという人生の感慨が「命なりけり」という一語に出ている。

この旅で西行は、鎌倉の鶴岡八幡宮に立ち寄った。そのときの逸話が鎌倉幕府の正史『吾妻鏡』に記録されている。

源頼朝が鶴岡八幡宮に参詣したとき、鳥居のあたりを徘徊している老僧がいる。これを目にした頼朝の重臣・梶原景季《かげすえ》が「この人はただの僧侶ではない」と直感し、すぐさま当人に名を尋ねたところ、西行法師だと名乗ったのである。

歌人として有名な西行が来ていると知った源頼朝は、和歌のことをお話ししたいと伝えた。

西行が同意したのですぐに頼朝は屋敷に帰り、家にあげて対面を遂げた。頼朝は、和歌や弓馬のことについていろいろとお尋ねしたいと述べたところ、西行は「弓馬のことは俵藤太以来の武家なので、いろいろ兵法書が伝わっていましたが、火事で皆燃えてしまいました。これまでの罪業のせいでしょう。それに自分がかつて学んできた兵法も今はすべて忘却してしまいました」と謙遜した。さらに詠歌についても「花月に対してわずかに三十一文字をつくるばかりで、まったく奥義は知りませんので、お話しできることはございません」と固辞した。

ただ、やがて互いに打ち解けて親しく語り合い、ついに夜通し、語り明かしたのである。しかもその内容は歌道についてではなく、なんと、流鏑馬《やぶさめ》（武士の騎射訓練）など、兵法についてであった。さすが、元北面の武士だ。

翌日、西行は頼朝が引き止めるのを聞かず、そのまま立ち去ろうとした。そこで頼朝は、別れぎわに銀でできた貴重な猫の像を贈った。

西行はそれを受け取ったものの、屋敷から出ると、門外で遊んでいた子供に銀の猫をあげてしまったという。世俗から離れた身に、そんなものは何の価値もないからであろう。

西行がわざわざ鎌倉に寄ったのには、理由があったようだ。東大寺再建のため奥州藤原氏が砂金を都へ運ぶにあたり、頼朝の領内を通過するのを許可してもらうためだったという。

辞世の句

奥州から戻った西行は、河内国弘川寺に居住した。

「願はくは花の下にて春死なむ　そのきさらぎの望月のころ」

世を去る数年前につくった辞世の句である。釈迦が沙羅双樹の下で如月の望月、つまり二月十五日に亡くなったことを念頭にうたったのだろう。

まさにその願いのとおり、西行は建久元年（一一九〇）二月十六日に河内の弘川寺において七十三歳の生涯を閉じた。旧暦である。きっと桜の花がハラハラと散っていたことだろう。

いうまでもなく、西行が後世に与えた和歌の影響は絶大である。

とくに『新古今和歌集』を編纂させた後鳥羽上皇は、同歌集に九十四首の西行の歌を載録させている。後鳥羽上皇は「西行はおもしろくて、しかも心もことに深くてあはれなる、有りがたく出来がたきかたも共に相兼ねて見ゆ。生得の歌人とおぼゆ。これによりて、おぼろげの人のまねびなんどすべき歌にあらず、不可説の上手なり」（『後鳥羽院御口伝』）

と、諸手をあげて賛美している。こうして西行は、「不可説の上手」として数々の伝説がつくられ、多くの歌人が西行を慕い、阿仏尼、松尾《まつお》芭蕉をはじめ多くの著名人がその跡をたどった。そして今なお多くの人びとにその歌が愛されている。

若くして武士としての栄達を捨てたことで、その名を不朽のものとしたわけだ。とするならば、彼の出家ははじめからそれが目的だったのかもしれない。

後《ご》白《しら》河《かわ》法《ほう》皇《おう》

流行歌が大好き。
長きにわたり政権を収める

どんな人？

天皇5代、30年余り上皇として院政をおこなう。その後、出家して法皇となり、高倉上皇を立て、名目だけの院政をおこなわせて、実権を握った。源頼朝を倒すため兵を挙げたが失敗。

代表作

『梁塵《りょうじん》秘抄《ひしょう》』

⇒今様という流行歌を集めた平安末期の歌謡集。ただ、現存するのはごく一部。

生誕 大治2年（1127）

死去 建久3年（1192）／享年66歳

父親 鳥羽上皇

母親 待賢門院璋子（権大納言藤原公実の娘）

妻 藤原懿子（大納言経実の娘）、藤原成子（大納言季成の娘）、藤原忻子（藤原公能の娘）

子 二条天皇、亮子内親王、守覚法親王、以仁王、式氏内親王、高倉天皇、道法法親王、承仁法新王、覲子内親王など

仕事予想（もし、現代に生きていたら？）

政治家・社長・シンガーソングライター

貴族たちの評価

源頼朝は、後白河法皇（天皇・上皇）のことを「日本一の大天狗」と評したとされる。このため世間では老獪なイメージが定着しているが、実際はどのような人物だったのだろうか。

そもそも後白河法皇は、帝になる人ではなかった。

後白河の父である鳥羽法皇は、長男の崇徳上皇の子孫に治天の君（朝廷の実権を握る皇室の当主）の座を渡したくなかった。妻の待賢門院が祖父の白河法皇と不倫してできたと信じていた子だからだ。そこで寵妃の美福門院の子を即位させた（近衛天皇）が、十七歳で死んでしまう。このため鳥羽は、美福門院の養子だった守仁親王を即位させることにした。が、その父・雅仁親王（後白河）に在位経験がなかったので、いったん皇位につけた後、すぐに守仁を擁立しようと考えた。こうして雅仁が即位したのだが、その約一年後に鳥羽があっけなく急死してしまったのである。

すると、治天の君をめぐって後白河と崇徳の戦い（保元の乱）が勃発、勝利した後白河天皇が実権を手にしたのである。その後、守仁親王（後の二条天皇）を即位させて院政を始めたものの、やがて二条天皇が「自分こそが治天の君である」と己の正当性を主張し、父の後白河から権力を奪ってしまった。ところが、である。その二条もまだ二十三歳で病没、後白河上皇が権力の座に返り咲いたのだ。このように後白河上皇は、たまたま治天の君となり、運良く政権に居座り続けたのだった。

とはいえ、後白河は、政権をになえる器とはいえなかった。少なくとも貴族たちはそう考えていた。それは、日ごろの常軌を逸した行動が原因だった。

たとえば、反乱を起こして討たれた謀反人・日向通良ら八名の首が京都で梟首《きょうしゅ》されたとき、なんと後白河はわざわざ見物に行っているのだ。

盗賊四人が逮捕されたさいには、自分の屋敷に強盗たちを呼びこみ、盗みの秘術なるものに感心して聞き入った。

曾祖父・白河法皇の追善供養（法勝寺八講）のさいのこと。洪水で鴨川の橋が流されてしまう。会場の法勝寺は川の対岸にあった。本来なら行幸を思いとどまるべきなのに、後白河は輿を運ぶ者たちを裸にして強引に渡河させたのだ。仕方なく供奉する公卿（現在の閣僚）たちも裸形の者たちを従えて川を渡ることになった。こうした非常識なエピソードには事欠かない人物だった。

平清盛は大輪田泊《おおわだのとまり》を修築し、瀬戸内海に宋船を入れて日宋貿易をすすめた。後白河はそんな清盛の招きで大輪田泊まで出かけ、宋人（中国人）と会見した。関白の九条兼実は、その日記『玉葉』で「前代未聞のことで、天魔の所業だ」と批判している。当時の貴族たちは排外思想が強く、野蛮な宋人に会うのはあさましい行為と考えたのだが、後白河は興味のほうが先に立ったようだ。

院近臣（後白河の側近）の信西《しんぜい》は、そんな後白河を「和漢の間、比類少なきの暗主なり」（『玉葉』）と評した。おそらくそれが、貴族たちの偽らざる評価だったろう。

声がかれるまでうたい続ける

そんな後白河を私が文豪に選んだのは、彼が生涯にわたって今様に熱を入れたからだった。当時における最新の歌謡である。

白拍子《しらびょうし》や遊女などが歌い手となり、広い階層で流行するようになっていた。後白河は好きが高じて今様の歌詞集までつくってしまったのである。

それが『梁塵秘抄』十巻と、歌の歌い方などの口伝を記した『梁塵秘抄口伝集』十巻、あわせて二十巻という大作だった。しかしながら『梁塵秘抄』の大部分が散逸し、今はごく一部しか残っていない。

『梁塵秘抄』の中で、後白河は次のように回想する。

「十代から私は毎日のように、昼から夜明けまで今様を歌い続けた。大勢で舞いながら歌ったり、歌集を見て一人で歌うこともあった。あまりに度がすぎて声がかれてしまい、喉が腫れて湯水も通らないことがあった」

後に平清盛に幽閉されたときにも、今様を毎日歌い暮らしていたというから、趣味の範ちゅうを超え、今様は後白河にとって生き甲斐だったのだろう。

遊ぶために生きる

後白河の今様の師匠は、乙前という遊女であった。すでに年老いていたが、腹心である信西に今様の名手だと紹介されてから、十余年、彼女に師事してきたが、そんな乙前も八十四歳のとき、体調を崩してしまう。すると後白河は、御所の近くに家を造り、彼女をそこに住まわせて、ときおり見舞いに行ったのだ。けれど、病気は日に日に重くなり、ついに重篤となった。これを知った後白河はわざわざ乙前に会いに行った。彼女は娘に抱き起こされて何とか後白河と対座した。

すると後白河は、彼女の病気が良くなるように法華経を唱え始めたのである。喜ん

だ乙前が、「ぜひあなたの今様をお聞かせください」とせがんだので、望みどおりに
「像法転じては薬師の誓いぞ頼もしき　一度《ひとたび》御名を聞く人は、万づの病無しとぞいふ」

と二、三度繰り返して歌ってやった。これを聞いた乙前は大いに喜び、「これで私も、少し命を長らえることができましょう」と手を合わせてすすり泣いたという。それから間もなく乙前は亡くなった。後白河はその死を知ると、五十日間も朝夕毎日、乙前が極楽へいけるよう読経している。一人の遊女のために、懸命に経を読む帝王。後白河法皇の不思議さは、このように身分の上下にこだわらなかったところである。

「遊びをせんとや生まれけん　戯れせんとや生まれけん」

　これは『梁塵秘抄』に載る一節だ。この歌のように、後白河は遊ぶために生きているようなところがあった。今様を声がかれるまで歌い、さまざまな遊芸に興じ、来世の往生を願って寺社をめぐり歩いた。好奇心のかたまりで、興味を持つと、その気持ちを抑えることができなかった。

　とくに仏教への執心は驚くべきものがあった。生涯に三十四度も紀伊国の熊野に詣でているのだ。白河の九回、鳥羽の二十一回と比較して、いかに多いかがわかる。

熊野詣とは、紀州の熊野三山（本宮大社、速玉大社、那智大社）へ参詣すること。

後白河は熊野権現の加護を求めるため、京都から往復約六百キロの道程を三十四回も、膨大な費用と時間をかけて往復したのである。

『梁塵秘抄』にも、熊野詣に関する今様が次のように載録されている。

「熊野へ参らんと思えども　徒歩より参れば道遠し　すぐれて山峻し　馬にて参れば苦行ならず　空より参らん　羽賜べ若王子（熊野へ行こうと思うが、歩いていけば遠いし、山は険しい。馬で行っては修行にならない。ならば、いっそ空から参ろう。どうか翼をください、熊野三山の祭神・若王子よ）」

空気が読めない

応保二年（一一六二）、熊野へ参詣した後白河が千手観音千巻を誦していたとき、御神体の鏡が輝いたように見えた。後白河は「奇瑞に違いない」と思い、観音堂を屋敷（法住寺殿）の敷地内につくろうと考えたが、資金不足で計画どおり進まない。そんなとき資金を援助してくれたのが平清盛だった。こうして創建されたのが蓮華王院本堂で、堂内には当時千体の千手観音像が安置され、御堂《みどう》内の柱間の数が三十三あることから三十三間堂と呼ばれるようになった。

三十三間堂の例でわかるとおり、後白河は無計画で後先を考えず、自分の意志を通す傾向が強かった。平清盛との対立もそれが一因だった。比叡山延暦寺は強大な軍事力を持っていたが、延暦寺と対立した後白河は、渋る平氏にたびたび討伐を強要したのだ。このため困った清盛が、後白河の近臣を一気に処罰し（鹿ヶ谷の陰謀）、焼き討ちを回避せざるを得なくなったとされる。

これを恨んだ後白河はその後、平氏が実質的に支配する摂関家領や故・重盛（清盛の長男）の領地を没収するなど、頻繁に嫌がらせをおこなった。だから清盛を怒らせ、幽閉されてしまったのだ。ある意味、空気が読めない、というより、読もうとしない性格だった。

そんな後白河が後年、計算ずくで源頼朝と源義経の仲を裂こうとした老獪な人物というのは、かなり疑問を感じる。

治承四年（一一八〇）、以仁王《もちひとおう》（後白河の子）が各地に平氏打倒の令旨を発すると、反平氏勢力が続々と蜂起した。平氏政権が動揺する中、翌年に清盛が急死してしまう。やがて木曽義仲の軍勢が北陸から京都に近づいてきた。このため平氏一門は、後白河を連れて西国へ落ちようとしたが、後白河は居所の法住寺殿から比叡山へ逃れてしまった。

平氏一門が両国へ去ると木曽義仲らの軍勢が入京し、後白河も京都へ戻った。後白河は義仲に対して平氏の追討を命じたが、義仲はなかなか出立しようとしない。しかもその軍勢が乱暴を働くようになったのだ。寿永二年（一一八三）九月、ようやく義仲は西国へ向かったものの、翌十月、大敗を喫して逃げ戻ってきた。

後白河は鎌倉の源頼朝と密かに連絡を取り、義仲らを追い払うよう求めた。そしてその報償として東国の支配権を付与する約束（寿永二年十月の宣旨）をしたのである。そこで頼朝は、弟の範頼《のりより》と義経を将にして東国武士を京へ向かわせた。

一方、後白河の裏切りを知った義仲は、頼朝追討の宣旨を出すよう迫ったが、後白河は断固拒絶した。激怒した義仲は法住寺殿を襲撃し、後白河を捕らえて幽閉した。だが義仲は、翌年正月に、あっけなく討ち死にしてしまった。

義仲を倒した源範頼・義経兄弟が、東国武士を引き連れて都に入ってきた。すると後白河は、すぐに平氏の討伐を厳命した。じつは都落ちした平氏はこの頃、西国武士を配下におさめ、摂津国福原まで舞い戻ってきていたのだ。いつ京都に攻め込んでくるか、気がかりだったのだろう。

こうして寿永三年（一一八四）二月、範頼を総大将とする源氏軍は生田の森に着陣して攻撃を開始。一方、義経軍も福原の搦め手・一ノ谷から攻撃を仕掛けた。このとき義経は、少数の騎馬武者を連れて山道へ分け入り、一ノ谷の背後の崖から騎馬で駆け下り、平氏軍を混乱に陥れ敗退させた。

このため義経人気は絶大となり、後白河も軍功に報いて検非違使と左衛門少尉の官職を与えて従五位下に叙し、昇殿を許した。

日本一の大天狗

その後壇ノ浦で平氏を滅ぼした義経だが、やがて鎌倉の頼朝と対立するようになる。すると、頼朝は義経に刺客を送った。怒った義経は、後白河から頼朝追討の宣旨をもらって挙兵したのである。

繰り返しになるが、後白河法皇は老獪な政治家で、義仲に平氏を都から追い払わせ、これに成功すると、その義仲を頼朝軍に駆逐させ、さらに頼朝と義経を競わせ、巧みに政権を維持したといわれる。

が、これまで述べてきたように、とてもそれほどの策謀家とは思えない。

安田元久氏は、後白河が宣旨を出すさい「義経以外に都を守るべき武力が存在しない現在、もし義経以下が狼藉に及んだならば、誰とて禦ぐもののもない。だから、まず彼に頼朝追討の宣旨を与えて彼を宥めておいて、その後に然るべく関東に沙汰しよう」（安田元久著『人物叢書 新装版 後白河上皇』吉川弘文館）と述べたことをあげ、義経が都で暴発しないよう宣旨を出したのだという。武力を持たぬ後白河は、そうするよりほかに都の人びとの安寧を守る選択肢はなかっただろう。実際、宣旨を出してくれたら義経は九州へ向かうと言っていたので、都が戦場になる危険はなくなる。なお頼朝追討の宣旨が出ても、義経のもとに結集する武士はほとんどいなかった。義経に従うメリットがないうえ、強大な頼朝勢力に勝てるとは思えなかったからであろう。こうして義経は没落し、やがて奥州で悲劇の自害を遂げることになった。

頼朝は後白河の行動を責め、朝廷に守護と称する治安を維持する役人を各国に任命する権利、荘園や公領に地頭を任命する権利を受け入れさせた。また、全国から一反あたり五升の兵粮米を地頭が集める権利も獲得した。

もともと頼朝は十四歳まで京都におり、父は後白河法皇の近臣でもあった。きっと面識もあったことだろう。そんな頼朝が建久元年（一一九〇）に久しぶりに上洛する。

後白河法皇は頼朝の滞在中、八回も彼に会っている。その会見内容は明らかではないが、頼朝は権大納言、右近衛大将に任じられた。ただし、頼朝自身が強く願った大将軍の称号は、後白河法皇の反対で実現しなかった。

遺領処置

平重衡によって治承四年（一一八〇）に焼き討ちされた東大寺は、翌年から再建活動が開始され、文治元年（一一八五）八月二十八日、再建された大仏の開眼供養がおこなわれた。このとき、大仏に黒目を描いたのは後白河法皇であった。この日より二カ月前、畿内は大地震に見舞われ、ときおり余震があったので、貴族たちは後白河が高い足場にのぼって開眼をおこなうのに反対した。けれど、この年になっても少年のような心を失わないこの王は、反対を押し切って高い足場にのぼり、天平時代の大仏開眼供養で用いた大筆で、大仏に目を入れたのである。

この場には多数の人びとが集まっており、開眼の瞬間、多数の人びとが感極まったといわれる。

建久二年（一一九一）十二月、源平の争乱で焼失した法住寺殿や壮麗な蓮華王院本堂は、源頼朝の財力で再建された。清盛の支援で建てた寺を、宿敵の頼朝が再建するというのは、歴史の皮肉であろう。

だがこの頃、後白河は体調を崩していた。同年閏十二月、病が重くなった後白河の平癒を祈って、崇徳天皇の廟と藤原頼長の墓所に奉幣がなされた。

また、安徳天皇の御堂を長門国に建てた。後白河法皇は、この病が無念の死を遂げた崇徳らの怨霊によるものと信じていたのだ。

だが、それから三カ月後の津久三年（一一九二）二月、後白河法皇はいよいよ重篤な状態に陥ってしまった。

死期を悟った後白河は、後に争いが起こらぬよう遺領をきちんと処置した。その見事さを九条兼実が『玉葉』でほめたたえている。

臨終のときは、巽の方角を向き、念仏を唱えながら亡くなったと伝えられる。微笑していたというから、穏やかに逝ったのだろう。六十六歳の生涯であった。

九《く》条《じょう》兼《かね》実《ざね》

どんな人？

平安後期〜鎌倉初期の公卿。太政大臣、関白などの任にあたる。源頼朝と密接な関係であったが、京都政界では後白河法皇の影響力が強く、孤立。妻の死により、出家。

代表作

『玉葉』

⇒兼家が40年近く書き続けた日記。平安末期〜鎌倉初期の政治・社会情勢が詳細に記されている。

- **生誕** 久安5年（1149）
- **死去** 承元元年（1207）／享年59歳
- **父親** 藤原忠通
- **母親** 太皇太后宮大進藤原仲光女（加賀局）
- **妻** 藤原季行女、藤原頼輔女、高階盛章女など
- **子** 良通、良経、任子など

仕事予想（もし、現代に生きていたら？）

学者・教授・記者

子孫へ伝承するための詳細な日記

九条兼実は、同時代の西行のように歌集を出したり、後白河法皇のように今様の歌謡集を編纂したわけではない。兼実の本質は、政治家である。藤原道長の血筋を継ぐ藤原北家に生まれ、後に摂政・関白となって一時は朝廷の政治を主導した。なのに私が兼実を文豪に選んだのは、彼が十六歳のときからおよそ四十年近く（一一六四〜一二〇〇年）にわたって詳細な日記『玉葉』を書き続けたからである。

道長の項でも述べたように、平安貴族の日記は、朝廷の行事や儀式を細かく記したもので、有職故実を子孫に伝承する目的もあった。単なる備忘録ではない。

兼実の先祖・道長も『御堂関白記』を認めたが、『玉葉』は量、質とも遥かに道長のそれを凌駕している。また『山槐記《さんかいき》』（中山忠親《ただちか》）や『吉記《きっき》』（吉田経房《つねふさ》）、『仲資王記《なかすけおうき》』（源仲資）など同時代の日記と比較しても、抜きん出た膨大さと詳細さを有する。

そのうえ『玉葉』が記された時代は、まさに歴史の激動期だった。武士出身の平清盛が朝廷で平氏政権を樹立し、それを滅ぼした源頼朝が武家政権（鎌倉幕府）を打ち立てた時期と重なっているのだ。しかも兼実は朝廷の中枢にいたから、平清盛や源頼朝、後白河法皇など歴史を動かした人物と密接に関わっており、『玉葉』の文中にも彼らの動向や人物評がたびたび登場する。この時代を知るうえで欠かせない記録、つまりそれが九条兼実の『玉葉』なのである。

朝廷儀式の責任者

そんな『玉葉』の筆者である九条兼実を紹介していこう。

兼実は、関白・藤原忠通の三男として生まれた。忠通は弟の頼長と対立したが、保元の乱で後白河天皇方について頼長を討ち、藤原北家の氏長者（当主）の地位を不動のものとして、基実、基房、兼実など息子たちの位階を急上昇させていった。このため兼実はわずか十六歳で内大臣となっている。この年から兼実は日記『玉葉』を書き始めた。その理由について樋口健太郎氏は、高橋秀樹氏の研究を引用しつつ次のように論じている。

「『玉葉』とは『摂政・関白の日記というよりも、上卿《しょうけい》を勤める大臣の日記であるというのが、その本質』だったとされている。上卿とは、朝廷儀式の責任者として一切を取り仕切る役職で、重要な儀式の上卿は大臣が勤めることが多かったのである。これに従えば、兼実に期待された役割とは、摂関である基実・基房の下、上卿として儀

式を統括する点にあったといえるだろう」（樋口健太郎著『九条兼実――貴族がみた『平家物語』と内乱の時代』戎光祥出版）

二年後に摂政だった兄の基実が逝去し、その嫡男である基通は七歳だったので、基房（基実の弟で兼実の兄。松殿）が中継ぎとして摂政になった。一方兼実は、その後二十年間、つまり三十八歳まで右大臣のままだった。これについて樋口氏は、「この二十年は、政治の混乱が相次いだ時期に当たるから、このことは兼実の政務処理能力が高く評価されたことを物語る」（前掲書）と述べている。

朝廷では後白河法皇が院政を敷いていたが、やがて後白河と平清盛が対立するようになった。治承三年（一一七九）十一月、福原にいた清盛は軍勢を率いて上洛、後白河の身柄を拘束して院政を停止し、摂政の基房をはじめ法皇方の公卿（現在の閣僚）や近臣ら三十九名を処罰し、平氏一門や親平氏方の公家を重職に任じた。

関白には基通（二十歳）を就け、兼実に若き関白の後見を依頼したのだ。じつは兼実は後白河と親密だったので、ずっと平氏とは距離を取ってきた。だから、この話に仰天するとともに、受諾するのは生涯の恥辱であると『玉葉』に認めた。ところが現実には保身のためか、あるいは権力に迎合したのか、日記に見える心情とは裏腹に、その頼みをすんなり受け入れた。こうして兼実が、未熟な基通を指導しつつ、事実上の関白のつとめを果たすようになったのである。

しかし、それから半年も経たないうちに、以仁王や源頼政が平氏打倒に立ち上がり、源平の争乱（治承・寿永の乱）が始まってしまう。すると清盛は、守るに適しない京都を捨て、福原遷都を強行したのである。安徳天皇、高倉上皇、後白河法皇、さらに関白・基通もこれに同行した。数千騎の武者たちが二列に並んで皇族や貴族、役人たちを護衛しながら京都の地を後にした。一行は鳥羽から淀川に出て、船で河口近くまで行き、摂津国大物《だいぶつ》付近で一泊して海路で福原に到着した。

この遷都について九条兼実は、「緇素《しそ》貴賤、仰天をもって事となす。ただ天魔、朝家（皇室）を滅ぼさんと謀る。悲しむべし悲しむべし」（『玉葉』）と大いに悲嘆した。だが、このおり兼実は高倉上皇や清盛に、自分も福原に同行するべきかどうか尋ねている。すると高倉上皇には「それは清盛殿が決めるから私は知らない」と冷たくあしらわれ、清盛も「付いてきても宿舎がないので、そのうち連絡する」と突き放したという。

実際、遷都に同行した人数はそれほど多くない。人選は清盛がし、平安京を離れたのは、皇族と平家一門、平家派の公卿や貴族にかぎられた。兼実は清盛にとって優先順位が高い人物ではなかったのだろう。しかし、数日経って高倉上皇から呼び出され、結局兼実は福原へ向かうことになった。ただ、到着してみると、福原では京から来たものたちを収容できず、泊る場所もなく路上に座す人びともいた。

そんなこともあり、兼実はまもなく体調を崩してしまい、京都へ戻っている。なお、福原遷都は貴族たちに非常に不評で、清盛も仕方なく遷都から五カ月後に京への帰還を命じた。

『玉葉』の意義

こうして始まった源平の争乱だが、その経緯についてもっともくわしいのは『平家物語』である。しかしこれは、平氏の栄枯盛衰を仏教的観点から描いた軍記物語で、間違いや脚色も少なくない。また、鎌倉幕府の正史『吾妻鏡』も鎌倉後期に作成された書で、執権北条氏に都合良く歴史をねじ曲げているところがある。

そういった意味で『玉葉』は、この時代の研究に欠かすことのできない根本史料といえるのである。もし兼実が日記を書き残していなければ、後世の私たちは誤った記述を事実と思い込んだ可能性もあるし、明らかにされない真実が多くあっただろう。

一例として、嘉応二年（一一七〇）に起こった殿下乗合事件があげられる。

十三歳の平資盛（清盛の嫡男である重盛の次男）が鷹狩りをして屋敷に戻ろうとしたとき、摂政の松殿（基房）の行列と道でかちあった。摂関家の従者が「松殿のお通りだ。下馬せよ」と資盛一行に伝えた。ところが資盛たちは、平氏の威光を笠に着てそのまま通り過ぎようとした。

すでに日が暮れていたので平家の公達《きんだち》だとは思わず、松殿の家来たちは無礼な振舞いに怒り、資盛たちを馬から引きずり降ろし、恥をかかせて去っていった。

『平家物語』によれば、これを知った清盛は「このままではおさまらぬ」と激昂したという。しかし資盛の実父・重盛は「怒ることではございますまい。源氏に馬鹿にされたのなら別ですが、私の子が摂政の松殿と出会って下馬しなかったわけですから、非はこちらにあります」となだめた。

けれど腹の虫がおさまらぬ清盛は、重盛に内緒で荒々しい武者六十人あまりを選び、「主上御元服の御さだめの為に、殿下御出あるべかむなり。いづくにても待ちうけ奉り、前駆御随身どもがもとどりき（ッ）て、資盛が恥すすげ」（杉本圭三郎訳『平家物語（一）全訳注』講談社学術文庫）と述べたという。

つまり、松殿が高倉天皇（主上）の元服の儀のために参内するところを待ち伏せし、その家来（随身）たちの髻を切って恥をすすげと命じたのである。

平氏の武者たちは松殿一行を取り囲んで鬨《とき》の声をあげ、その家来たちを追い回し、彼らを捕まえては一人一人の髻を切って辱めたのである。とくに藤蔵人大夫隆教の髻を切り放つさい、平氏の武士たちは「これは汝が髻と思うべからず。主人の髻と思うべし」といい含め、切ったという。さらに、松殿が乗る車へ弓弭《ゆみはず》を突き入れ、すだれを引き落とし、車をめちゃくちゃにしたうえ、六波羅へと引き上げていった。報告を受けた清盛は「神妙なり」と大いに満足したという。

一方事態を知った重盛は大いに驚き、暴行した家来たちを譴責《けんせき》し、「そもそも資盛が悪い。十三歳だというのに礼儀も知らぬから、父・清盛が悪名を立ててしまったのだ」と怒り、しばらく資盛に伊勢国での謹慎を申しつけたとされる。

ところが、『玉葉』の記述を見ると、激怒したのはむしろ重盛のほうなのだ。松殿は関係者を差し出して謝罪したのに許さず、参内する松殿一行を襲撃させ、恥辱を与えたのである。

当日、参内するはずの兄・松殿が引き返したと知った兼実が、驚いて使者を送ったところ、一行が大炊御門堀河あたりで「武勇者数多」に襲われた事実を知り、「悲哉、悲哉」と悲嘆に暮れている。

さらにいえば、一ノ谷の戦いで鵯越《ひよどりごえ》の逆落としを断行したのは義経だとされてきたが、これも『玉葉』の記述から、近年は地元の地理に明るい多田行綱がやったことだという説が有力になっている。

貴族の常識を伝えた書

『玉葉』では、兼実が人物を寸評したり、風評を書きとめたりしている箇所が多い。

たとえば、頼朝が後白河法皇を「日本一の大天狗」と評したことはよく知られているが、その出典は『玉葉』なのだ。また、寿永三年（一一八四）三月十六日の条には、同じ後白河を「和漢之間少比類之暗主也、謀叛之臣在傍、一切無覚悟之御心（和漢の間、比類少なきの暗主なり。謀叛の臣傍らにあるも、一切覚悟の御心なし）」と記している。前項で紹介したように、これは側近の信西が後白河を評した言葉を書きとめたものだ。

いずれにせよ、『玉葉』にこの寸評があることで、私たちは後白河について、老獪でありながら暗愚な人物という鮮明なイメージを持ってしまうのである。

さらに『玉葉』は、当時の貴族層の常識や感覚を私たちに教えてくれる。

たとえば、貴族の外国人に対する意識である。

後白河法皇の項で簡単に触れたが、平清盛は大輪田泊（現・神戸市内の港）に後白河法皇を招いて宋人（中国人）と会見させ、兼実はこれを聞いて『玉葉』の中で「我朝延喜以来未曽有事也、天魔之所為歟（こんなことは我が国では前代未聞。天魔の所業だ）」と強く非難している。

まことに意外なことだが、当時の貴族たちは唐物《からもの》（中国製品）を殊の外珍重し、喜んで買いあさっていたくせに、排外意識が強かった。遣唐使の派遣が途絶えて以来、隣国・中国（宋）との正式な交渉がなく、外国人が都に入ってくることもなかったからだろう。ちなみに唐物は、九州の博多に宋船が運んできたものだった。ところが清盛は瀬戸内海から畿内にまで宋船を引き入れたのだ。しかも、朝廷の代表である後白河がのこのこと出かけていって穢れた外国人に会ったわけだから、兼実にとってみればあさましく思えたのだろう。貴族の多数が同じ感覚を有していたことは、次の逸話からもわかる。

承安元年（一一七一）七月、清盛は日本に生息しない羊五頭と麝香鹿《じゃこう》一頭を日宋貿易で生きたまま手に入れ、後白河に贈った。ところが三カ月後、羊三頭が清盛のいる福原に返送されてきた。じつはこの頃、京都では原因不明の疫病が流行し始めていた。当時の日本には、外国の動物が病を流行《はや》らせるという迷信があったようで、貴族たちが「羊が病を流行らせたのだ」と騒ぎ始めたので、後白河は羊を返却したと考えられている。

さらに、治承三年（一一七九）七月に平盛子（故・基実の正妻）が逝去したが、『百練抄』（平安貴族の日記などをもとに編纂された歴史書）には、盛子の死に続いて「天下上下病悩。号之銭病」と記している。「銭病」という病気が流行し、盛子もこれに罹患して死んだというのだ。

「銭病」とは何とも奇妙な名前だが、『玉葉』の同年七月二十七日の項目に「風病殊発動（伝染病がとくに流行している）」とあり、それに続いて「検非違使で明法博士の中原基広が『最近、中国より銭が流入し、日本でほしいままに流通している。こうした私鋳銭（贋金）を使う者は重罪に値する。ただちに銭の使用を停止すべきだ』と主張した」と記している。この時期、清盛が日宋貿易で莫大な宋銭（銅銭）を輸入しており、銭は便利なので急速に流通するようになった。どうやら貴族たちは、こうした海外の文物が入ってきたせいで感染症が流行したと考え、これを禁止しようとした可能性があるのだ。

もう一つ、貴族の意外な認識がわかる話を紹介しよう。

承安三年（一一七三）十二月、兼実は完成したばかりの最勝光院の障子絵を一目見ようと興味津々で出掛けていった。じつは障子絵には、後白河上皇の御幸に同行した貴族たちの姿が、似顔絵として描かれているという評判を耳にしたからだった。障子絵は、後白河の女御である建春門院（平滋子。清盛の義妹）が作成させたもので、顔の部分を藤原隆信（後の似絵の大家）が描いたとされる。

この絵を見た兼実は『玉葉』に「供奉公卿已下、皆悉被写其面相、可謂奇特事也、此中、下官不供奉、第一之冥加也（供奉の公卿已下、皆悉《ことごと》く其面相を写せらる。奇特の事と謂うべきなり。此中、下官（私）は供奉せず、第一の冥加なり）」という感想を書き込んでいる。

文中の「奇特」は、現在のように「奇特な人だ」といったような褒め言葉ではない。

「非常に珍しく、不思議なさま」（『日本国語大辞典』小学館）と解釈するのが一般的だった。つまり兼実は、絵を目の当たりにして「公卿たちの顔がことごとく忠実に写生されていて、何とも珍奇に思える。たまたま私は供奉しなかったので、顔を描かれずに幸いだった」と安堵しているわけだ。

それ以前の人物画は、引目かぎ鼻、下ぶくれに描き、個性が消されていた。ところが、この頃から絵画でも彫刻でも写実が重んじられるようになってきていた。そうした流行を積極的に後援したのが後白河上皇だった。たとえば、父の鳥羽法皇が没するとまもなく、その遺影を藤原隆能に描かせ、四天王寺に安置させ、親族以外の参拝者にもその遺影を公開している。これは、当時としては画期的なことであった。

兼実の摂政

福原遷都の翌年、清盛は熱病であっけなく死去。平氏は反乱軍との戦いに苦戦を強いられ、寿永二年（一一八三）七月に都落ちした。代わって北陸から木曽義仲の軍勢が都に入ってきた。基通は平氏の後ろ盾を失ったものの、後白河に寵愛されていたので関白にとどまったが、やがて後白河と対立した義仲が法住寺殿を襲撃して後白河を捕らえた。このクーデターを機に基通は関白を解任され、代わって基房が返り咲いたのである。

だが義仲が頼朝の派遣した範頼・義経軍に敗れると、再び基通が関白に戻った。とはいえ、儀式・典礼に疎い基通に対し、貴族の間で不満が高まり、東国の頼朝も実直で能力が高い兼実に関白就任を期待するようになった。けれど基通を寵愛する後白河は、なかなかその要請を受け入れなかった。

状況が変わるのは文治元年（一一八五）のことである。頼朝と決裂した義経に対し、後白河が頼朝討伐の院宣を与えた。結局、義経の挙兵は失敗に終わるが、これに激怒した頼朝は、北条時政に兵千人をつけて上洛させて後白河に圧力を加え、朝廷改革を命じた。こうして翌年、ついに兼実が摂政に任じられたのである。

兼実は意欲的に朝廷の改革を断行しようとしたが、権限を手放そうとしない後白河と対立することも多くなり、結局、妥協して政治を進めざるを得なくなった。そんな兼実に大きな不幸が襲いかかる。文治四年（一一八八）二月、内大臣兼左近衛大将に栄達していた嫡男の良通が急死したのである。前日には一緒に仏事に参加し、牛車に同乗して兼実の屋敷に戻り、家族で団らんの後、自宅に戻ったが、その夜、二十二歳の若さで死んでしまったのだ。兼実は大きな衝撃を受け、まさに無常を感じたことだろう。それ以後、二カ月半ほど日記を書くことさえできなくなった。この頃から出家への憧れが強くなり、やがて浄土宗の開祖・法然をしばしば招き、極楽往生について思いをめぐらすようになった。しばらくすると気持ちも落ち着き、再び権力欲も頭をもたげてきたようだ。とくに喜ばしいのは、娘の任子を文治五年（一一八九）に後鳥羽天皇の中宮（皇后）にできたことだろう。もし二人の間に皇子が生まれたら兼実は外戚となり、その権勢は一気に強大化する。

　しかし結局、任子は皇女を産んだものの、皇子は誕生しなかった。しかも、幕府を開いた頼朝が、自分の長女（大姫）を後鳥羽天皇に入内させたいと願うようになったのだ。すると、この動きを利用して反兼実派の丹後局（後白河の寵妃）や源通親が策謀をめぐらし、建久七年（一一九六）十一月、兼実を失脚に追い込んだのである。かくして兼実は関白を免ぜられ、任子も中宮の地位を降ろされ、そのほか兼実の親族や一派も次々と役職を解かれてしまった。

兼実の文化的評価

これ以後、兼実の遁世への思いは強まり、法然に帰依するようになった。そして妻の兼子が没すると、その四十九日に出家してしまった。

ところが、兼実が出家した建仁二年（一二〇二）、自分を失脚させた源通親が急逝したのである。これにより兼実派が盛り返し、次男の良経が関白に就任した。

きっと兼実も感無量だったろうが、運命は本当にわからない。元久三年（一二〇六）、今度はその良経が三十八歳の若さで頓死してしまったのだ。これで良経という後ろ盾を失った法然も、朝廷から弾圧されるようになった。

『玉葉』は、兼実が失脚した時点で記述が途絶えており、息子の突然の死を彼がどう受け止めたかはわからない。とはいえ、大きな痛手と寂寥《せきりょう》の思いを抱いたのは間違いないだろう。傷心のためか、翌承元元年（一二〇七）、兼実は五十九歳の生涯を閉じた。

さて、冒頭で兼実の本質は政治家であると言ったが、加納重文氏は、「兼実が詩歌・漢籍（中国の学問）または故実典礼などの好尚を持つ貴族であった」「兼実の本姓」は「執政よりもこうした文化的な側面の方だと筆者は感じている」（加納重文著『九条兼実 社稷の志、天意神慮に答える者か』ミネルヴァ書房）と述べている。

とくに「和歌に関していえば、一首入集しても名誉のこととされる勅撰集にも六十首余りが採られている。当代有数の歌人であったと評しても間違いではない」(前掲書)という。安元元年(一一七五)あたりから兼実の和歌に対する関心が高まり、たびたび歌会に参加したり主催したりするようになったとする。藤原清輔、次いで藤原俊成を師として和歌に執心した兼実だったが、「治承三年冬の歌合を境としてぷっつりと断絶した」(前掲書)。それは、同年に清盛がクーデターを起こしたので、兼実が「政治家兼実の将来を賭けた選択を不慮に迫られる時期になっていた」(前掲書)からだと論じる。結局、兼実は歌人としてではなく、政治家として生きる道を選んだのだろう。

ただ、その後も兼実は和歌を庇護し、次男の良経、弟の慈円、家司(家政をになう職員)の藤原定家らが歌壇の中心となり、やがて、彼らは後鳥羽上皇が命じた『新古今和歌集』の編纂の中心になっていった。

九条家の功績

せっかくなので、九条家のその後についても触れたい。

九条家は、道家(兼実の孫)の代で権勢を盛り返す。道家の子・頼経《よりつね》(三寅《みとら》)が鎌倉幕府の四代将軍になったからだ。三代将軍・源実朝が暗殺された後、幕府は後鳥羽上皇の子を貰い受けて将軍に任じようとしたが、後鳥羽が拒絶したので、摂関家の道家に依願したのである。

嘉禄二年（一二二六）、頼経が正式に征夷大将軍になったことで道家は関白となり、子の教実《のりざね》も関白に進んだ。さらに道家は、娘の竴子《しゅんし》を後堀河天皇に入内させ、生まれた秀仁親王を即位させて四条天皇とし、関白を息子に譲った後も外戚として力をふるった。だが、陰謀を企てたとして将軍・頼経が鎌倉から放逐されると、道家も連座して失脚。さらに五代将軍になった頼嗣（頼経の子）も同じく鎌倉から追放されてしまい、道家の後半生は不遇だった。

とはいえ、それからも九条家は脈々と続き、稙通《たねみち》は源氏物語の注釈書『源氏物語孟《もう》津抄《しんしょう》』を著すなど文化的功績を残した。幕末に関白となった尚忠は、尊攘派公卿や志士の攻撃をあびて失脚したが新政府が成立すると、尚忠の子・通孝は戊辰戦争で奥羽鎮撫総督として東北地方を転戦、その功で従一位を賜った。また、その娘である節子は大正天皇の皇后（貞明皇后）となり、昭和天皇をはじめ、秩父宮、高松宮、三笠宮の生母となった。

主な参考文献

『国史大辞典』一～十五巻／国史大辞典編集委員会・編／吉川弘文館

【空海】
『高野山』松長有慶／岩波新書／2014年
『「お寺」で読み解く日本史の謎』拙著／PHP文庫／2017年

【菅原道真】
『人物叢書 新装版 菅原道真』坂本太郎／吉川弘文館／1990年
『消された政治家 菅原道真』平田耿二／文春新書／2000年
『菅原道真 学者政治家の栄光と没落』滝川幸司／中公新書／2019年
『コレクション日本歌人選043 菅原道真』佐藤信一／笠間書院／2012年

【紀貫之】
『人物叢書 新装版 紀貫之』目崎徳衛／吉川弘文館／1985年
『紀 貫之 あるかなきかの世にこそありけれ』神田龍身／ミネルヴァ書房／2009年
『紀 貫之』藤岡忠美／講談社学術文庫／2005年
『土佐日記 付 現代語訳』三谷栄一・訳注／角川ソフィア文庫／1960年

『土佐日記(全) ビギナーズ・クラシックス 日本の古典』西山秀人・編/角川ソフィア文庫/2007年
『紀貫之』大岡信/ちくま学芸文庫/2018年
『コレクション日本歌人選005 紀貫之』田中登/笠間書院/2011年

【藤原道綱母】
『新版 蜻蛉日記I(上巻・中巻) 現代語訳付き』川村裕子・訳注/角川ソフィア文庫/2003年
『新版 蜻蛉日記II(下巻) 現代語訳付き』川村裕子・訳注/角川ソフィア文庫/2003年
『新潮日本古典集成〈新装版〉 蜻蛉日記』犬養廉・校注/新潮社/2017年
『私家版 かげろふ日記』杉本苑子/文化出版局/1996年
『平安時代の作家と作品』石川徹・編/武蔵野書院/1992年

【藤原道長】
『人物叢書 新装版 藤原道長』山中裕/吉川弘文館/2008年
『藤原道長の日常生活』倉本一宏/講談社現代新書/2013年
『《日本史リブレット人》019 藤原道長 摂関期の政治と文化』大津透/山川出版社/2022年
『藤原道長「御堂関白記」(上・中・下)全現代語訳』倉本一宏・訳/講談社学術文庫/2009年
『藤原道長を創った女たち〈望月の世〉を読み直す』服藤早苗、高松百香・編著/明石書店/2020年

『藤原道長』北山茂夫／岩波新書／１９７０年

【清少納言】
『人物叢書 新装版 清少納言』岸上慎二／吉川弘文館／１９８７年
『枕草子 ビギナーズ・クラシックス 日本の古典』角川書店・編／角川ソフィア文庫／２００１年
『《日本史リブレット人》０２０　清少納言と紫式部 和漢混淆の時代の宮の女房』丸山裕美子／山川出版社／２０１５年
『枕草子』池田亀鑑・校訂／岩波文庫／１９６２年
『コレクション日本歌人選００７　清少納言』圷美奈子／笠間書院／２０１１年

【紫式部】
『人物叢書 新装版 紫式部』今井源衛／吉川弘文館／１９８５年
『《日本史リブレット人》０２０　清少納言と紫式部 和漢混淆の時代の宮の女房』丸山裕美子／山川出版社／２０１５年
『藤原道長を創った女たち〈望月の世〉を読み直す』服藤早苗、高松百香・編著／明石書店／２０２０年
『紫式部日記 ビギナーズ・クラシックス 日本の古典』山本淳子・編／角川ソフィア文庫／２００９年
『与謝野晶子訳　紫式部日記・和泉式部日記』与謝野晶子・訳／角川ソフィア文庫／２０２３年

『紫式部ひとり語り』山本淳子／角川ソフィア文庫／2020年
『王朝びとの生活誌　『源氏物語』の時代と心性　叢書・文化学の越境19』小嶋菜温子、倉田実、服藤早苗・編／森話社／2013年

【円仁】

『朝日　日本歴史人物事典』朝日新聞社・編／朝日新聞社／1994年
『人物叢書　新装版　円仁』佐伯有清／吉川弘文館／1989年
『入唐求法巡礼行記　1』足立喜六・訳注、塩入良道・補注／東洋文庫／1970年
『入唐求法巡礼行記　2』足立喜六・訳注、塩入良道・補注／東洋文庫／1985年
『円仁　唐代中国への旅』エドウィン・O・ライシャワー、田村完誓・訳／講談社学術文庫／1999年

【菅原孝標女】

『更級日記　現代語訳付き』原岡文子・訳注／角川ソフィア文庫／2003年
『新版　更級日記　全訳注』関根慶子・訳／講談社学術文庫／2015年
『都市空間の文学――藤原明衡と菅原孝標女――』深沢徹／新典社新書／2008年
『更級日記作者　菅原孝標女　日本の作家14』津本信博／新典社／1986年
『平安貴族の夢分析』倉本一宏／吉川弘文館／2008年

【源順】
『朝日 日本歴史人物事典』朝日新聞社・編／朝日新聞社／1994年
「源順伝記考」『国文研究 第九号』所収／杉浦(伊藤)辰子／熊本女子大学国文談話会／1963年
「《源順伝》断章：若き日の順を繞って」『国文学科報 第九号』所収／神野藤昭夫／跡見学園女子大学国文学科／1981年
「源順論」『史学 Vol.20, No.4』所収／保坂三郎／三田史学会／1942年
『和名類聚抄郡郷里驛名考證』池邊彌／吉川弘文館／1981年
『平安時代の作家と作品』石川徹・編／武蔵野書院／1992年
『三十六歌仙 ビギナーズ・クラシックス 日本の古典』吉海直人・編／角川ソフィア文庫／2021年
『和歌文学大系52 三十六歌仙集(二)』新藤協三、徳原茂実、西山秀人、吉野瑞恵・著、久保田淳・監修／明治書院／2012年
『辞書からみた日本語の歴史』今野真二／ちくまプリマー新書／2014年

【和泉式部】
『人物叢書 新装版 和泉式部』山中裕／吉川弘文館／1987年
『和泉式部日記 ビギナーズ・クラシックス 日本の古典』川村裕子・編／角川ソフィア文庫／2007年
『与謝野晶子訳 紫式部日記・和泉式部日記』与謝野晶子・訳／角川ソフィア文庫／2023年
『和泉式部日記』清水文雄・校注／岩波文庫／1941年

『コレクション日本歌人選006　和泉式部』高木和子／笠間書院／2011年
『実存を見つめる　和泉式部　日本の作家13』久保木寿子／新典社／2000年
『和泉式部幻想』沓掛良彦／岩波書店／2009年
『日本の作家100人　和泉式部　人と文学』武田早苗／勉誠出版／2006年

【景戒】

『日本歴史大辞典〈く～こ〉』日本歴史大辞典編纂委員会・編／河出書房新社／1985年
『日本霊異記（上・中・下）全註訳』中田祝夫・訳注／講談社学術文庫／上・1978年、中・1979年、下・1980年
『日本霊異記とその時代』宇佐美正利／おうふう／1995年
『古代仏教説話の方法　霊異記から験記へ』永藤靖／三弥井書店／2003年
『日本霊異記の新研究』永藤靖／新典社／1996年
『日本霊異記と中国の伝承』河野貴美子／勉誠出版／1996年
『日本霊異記研究』朝枝善照／永田文昌堂／1990年
『日本霊異記説話の研究』丸山顕徳／桜楓社／1992年

【西行】

『人物叢書　新装版　西行』目崎徳衛／吉川弘文館／1989年

『新訂 山家集』佐佐木信綱・校訂／岩波文庫／１９２８年
『西行 魂の旅路 ビギナーズ・クラシックス 日本の古典』西澤美仁・編／角川ソフィア文庫／２０１０年
『新装版 人と思想１４０　西行』渡部 治／清水新書／２０１５年
『西行のすべて』佐藤和彦、樋口州男・編／新人物往来社／１９９９年
『コレクション日本歌人選０４８　西行』橋本美香／笠間書院／２０１２年
『西行』高橋英夫／岩波新書／１９９３年

【後白河法皇】
『人物叢書 新装版 後白河上皇』安田元久／吉川弘文館／１９８６年
『日本史諸家系図人名辞典』小和田哲男・監修／講談社／２００３年
『後白河法皇　平家を滅亡させた黒幕』拙著／幻冬舎新書／２０１２年
『後白河法皇』棚橋光男／講談社学術文庫／２００６年
『《日本史リブレット人》０２４　後白河上皇 中世を招いた奇妙な「暗主」』遠藤基郎／山川出版社／２０１１年
『梁塵秘抄』川村湊・訳／光文社古典新訳文庫／２０１１年
『後白河院』井上靖／新潮文庫／１９７５年

【九条兼実】